KB178526

따님이 기가 세요

유쾌한 여자 둘의 비혼 라이프

따님이 기가 세요

하말넘많 지음

포르★체

차례

PART **1** .
왜? 물음표를 던지는 사람

PART **2** .
여성을 위한 미디어를 만듭니다

PART **3** .
전국 비혼 궐기 대회

PART **4** .

우리는 함께 내일로 간다

물음표에서 느낌표로

서

　어렸을 때부터 세상에는 이해 가지 않는 것이 너무 많았다. 제사상을 차리는 것은 왜 여자들만의 몫인지, 여자는 왜 장례식장의 상주가 될 수 없는지, 내 기준에서는 알 수 없는 것들로 가득했다. 불합리한 말과 상황 속에 빨려 들어가도 어리둥절한 마음만을 가질 수밖에 없었다. 원래 세상은 그런 건가 보다 생각했다. 그렇게 하루하루를 곱씹어 현재에 도착했다. 더이상 어렸을 때처럼 '공부 못하면 삼촌 회사 와서 커피 타라.' 같은 말이 들리는 시대는 아니지만, 주변은 여전히 불합리하다.

　그러한 물음의 가운데에서 페미니즘을 알게 됐다. 물음표 행렬의 꼬리를 따라가다 보니 깨달은 것도, 느낀 바에 따라 행동한 것도 많아졌다. 물음표 투성이를 정리하다 보니 유튜브를 거쳐 책이라는 세계에까지 발을 내밀었다. 3년이라는 시간이 걸렸다.

나에게 페미니즘이란 한국 사회에서 살아남기 위한 언어였다. 도무지 이해되지 않는 것들이, 나아가 좀처럼 누그러지지 않는 삶의 모난 부분들이 페미니즘 안에서는 일정 부분 해소되었다. 불편한 현상의 원인을 깨닫고 그것을 어떻게 하면 바꿀 수 있을 것인가 고민하며 지난 몇 년을 보냈다. 여기에 수록된 글은 그 과정을 압축한 하나의 결과물이다.

그동안 생각하고 실천한 것들을 나열하자면 끝이 없지만, 그렇다고 해서 누군가를 가르치거나 훈계하려 하지 않았다. 그저 내가 겪은 느낌표를 담담하게 나열하고 싶었다. 이 책을 집어 올려 서문을 펼쳐보는 것조차 어떤 분에게는 용기가 필요한 일임을 알고 있기 때문이다.

바라는 게 있다면, 유쾌하지만 거친 우리의 궤적이 독자분들에게 작은 희망이라도 되었으면 한다. 용기를 내어 이 책을 펼친 모든 분에게 감사의 인사를 먼저 드리고 싶다. 앞으로 펼쳐질 여정에 함께해주셔서 감사합니다.

서솔

'티끌 모아봐야 티끌'이라는 말을 인생의 좌우명처럼 섬기고 돈만 생기면 여행으로 족족 털어먹던 욜로족 강민지가 우연한 계기로 유튜브에 '하말넘많' 채널을 개설하면서부터 벌어진 3년간의 이야기를 담았다. 평소에 일기를 쓰지 않는 탓에 책을 쓰는 몇 달간은 매일 개학 전날처럼 일기를 몰아서 쓰는 기분이었다. 사람은 정말 망각의 동물인지 길지 않은 인생 중에서 특히 기억에 남는 일들을 글로 쓰는데도 뜨문뜨문 지우개로 지워진 것처럼 빈 공간들이 있었다. 더듬더듬 빈칸을 채워 나가다가 내 기억이 맞는지 의심이 들 때면 같은 일을 기억하는 친구들에게 팩트 체크를 받아야 했다. 소설은 쓰고 싶지 않았으니까.

"능력 되거든 혼자 살아라."

우리 엄마의 유일한 조기 교육이었다. 진심이 얼마나 섞여있었는지는 잘 모르겠지만 보란 듯이 그의 바람을 이루어드렸다. 과장을 조금 보태 젊은 여성들이 '비혼 여성'을 떠올릴 때 가장 먼저는 아니더라도 어렵지 않게 내 얼굴을 떠올리는 정도는 된 것 같다. 나도 내 삶이 이런 방향으로 흘러갈 줄 알았던 건 아니지만, 이제는 제법 책임감도 생긴 덕분에 이 책이 세상에 나올 수 있었다. 물론 이 책이 비혼 여성으로 살아가기 위한 도움말이 담긴 실용서도 아니고, 경우에 따라 '뭐 이렇게 당연한 이야기를 하고 있어.'라고 생각하시는 분이 있을지도 모르겠다. 그래도 나는 당신에게 이 책이 유난히 고된 하루를 보내고 집에 들어온 날 무심하게 펼쳐 간단히 위로를 얻을 수 있는 단축키가 되기를 바란다. 또 만에 하나 이런 선택지를 모르고 살았던 여성들이 있다면 이 말을 전하고 싶다. 앞으로 당신이 나아갈 새로운 길에 이 책이 조금이나마 보탬이 될 수 있다면 좋겠습니다.

강민지

왜? 물음표를
던지는 사람

따님이 기가 세요

"남자한테 질 줄도 알아야 해."

20대 중반을 지나던 여름, 엄마가 말했다. 녹진한 공기를 뚫고 날아온 저 문장은 그 어떤 여름날의 습기보다 답답했다. 또 시작이구나. 세상의 불편한 것들을 좀처럼 참지 않는 딸에 대한 걱정. "남자친구는 있니?"라는 질문에 "남자들은 다 시시해. 남자들이랑은 말이 안 통해."로 일관하자 이제는 지는 방법에 대해 말하기 시작한 것이었다. 하고 싶은 말을 다 하면서 살 수는 없다. 남자들이 하는 말을 전부 받아치지 말아라. 살살 달래줄 줄도 알아야 한다. 알지 않니, 여자가 너무 기가 세면 남자들이 싫어한다…. 일련의 문장들을 묵묵히 들었다. 그저 답답한 공기를 뚫어줄 장대비나 왔으면 싶었다.

'기 센 여자' 취급의 역사는 사뭇 길다. 다 큰 나를 앉혀놓고 어른들이 으레 하는 회상에서도 나는 '어렸을 때부터 나대는 여자애'였다. 한글을 5살에 뗐는데, 또래 아이들보다 너무 빠른 일이라 한번은 유치원에서 쫓겨난 적도 있다고 했다. 기억하건 대 선생님이 하는 질문의 답을 내가 모두 해버려 유치원 학습 생태계를 흐린다는 이유였다. 그래서일까, 나를 영문 없이 미워 하던 남자애가 유치원 2층 계단에서 나를 밀어서 굴러떨어졌 던 기억도 있다.

자라면서 스스로를 '기 센 여자'라고 생각해본 적은 없었다. 그러나 애석하게도 초등학교 고학년이 되자 교실 안에서 나는 눈에 띄는 여자애가 되어버렸다. 한번은 담임 선생님과의 상담 에 다녀온 엄마가 "남자아이들을 때리고 다니느냐." 물은 적이 있다. 남자애들이 나 때문에 기를 못 펴고 다닌다는 얘기를 듣 고 왔기 때문이었다. 기를 못 편다는 표현이 때리느냐는 말로 이어진, 다소 황당한 질문이었다. 엄마 입장에서는 우리 아이 가 뭘 했기에 다른 남자아이들이 기를 못 펴나 의아했을 것이다. 당연히 아무 일도 없었다.

돌이켜 보건대, 늘 이런 식이었다. 나는 가만히 있는데 남자들은 나 때문에 기가 죽는다고 했다. 나로서는 억울할 따름이었다. 내가 만약 남자였다면, 우리 엄마가 학교에서 그런 말을 듣고 왔을까? 아이가 '사내대장부'라고, 잘 키우고 계신다는 말만 듣고 왔을 것 같은데 말이다.

내가 '감투'를 싫어하게 된 이유가 여기에 있다. 세간의 평가가 저러하니, 감투를 쓰지 않는 게 내 삶에 이롭다는 것을 일찍이 깨달아버렸다. 나는 이 사실을 이미 초등학교 6학년 때 알았다. 1학년 때부터 5학년 때까지 반장을 했으니 지겹다는 이유로 반장 선거 후보에 내 이름이 쓰이는 걸 보이콧했는데, 지금 와서 생각해보니 '조용히' 살고 싶었던 것 같다. 그때부터 지금까지 중학교 3학년 때 반장을 맡았던 것을 제외하고 그 어떤 감투도 거부하며 살았다. 대학생이 되어 조별과제를 할 때마다 자연스레 조장이 되는 것은 막을 수 없었지만(어딜 가든 조장을 했다. 태어나길 이렇게 태어나 버렸구나…. 나중엔 포기했다.) 어쨌든 나름 선방했다고 볼 수 있었다.

'기 센 딸'의 역사가 이처럼 길기에 엄마의 노심초사를 십분 이해한다. 내 사주에 '남자로 태어났으면 크게 됐을', '남자로 태어났으면 한자리했을' 따위의 말이 즐비해도 어찌 됐든 난 딸이기에. 이 험한 세상, 내 딸이 순탄하게 살아갔으면 하는 엄마의 마음을 내가 모를 리 없다. 하지만 돌이킬 수 없는 일이다. 나는 '기가 센 여자'가 네이버 자동완성 검색어로 등록되어 있지만 '기가 센 남자'는 모두에게 어색한 표현임을 견딜 수 없는 사람으로 자라고 말았다. 온 세상에 답답한 게 널렸음을 알아버린 지 오래다.

더 이상 나 때문에 남자들이 기를 못 편다는 말을 듣지는 않지만, 여전히 나를 둘러싼 우려와 걱정은 존재한다. 세상에 불편한 게 그렇게 많아서 어떻게 살 거냐, 그냥 더 둥글둥글하게 살 수는 없느냐. 나도 그렇게 생각한다. 현실에서 아름다운 것만 볼 수 있다면 얼마나 좋을까. 좀 더 성질을 죽이고 살면, '바른말'을 덜 했으면 살기 편했을 텐데.

그러나 나는 틀린 걸 틀렸다고 말할 수 있는 '기 센 여자'로 자란 내가 좋다. 그리고 바라건대 이 책을 읽는 모두가 기 센 여자로, 잘 먹고 잘살았으면 한다. 기질이 센 여자아이의 존재가 그 누구의 심기도 거스르지 않는 세상이 오기를 바란다.

여자가 기 센 게 뭐 어때서?

맞고 다니는 애

(강)

　대학생 때 나는 종종 남자애들에게 맞고 다녔다. 다소 짐승처럼 여중, 여고를 다녔던 나에게 남자들이 섞인 대학교를 다니는 것은 때때로 서바이벌 게임 속에 들어와있는 것처럼 느껴졌다.

　스물한 살, 한 남자 동기의 폭력을 피해 화장실로 숨었던 적이 있다. 학과가 워낙 단체 생활을 강요했던 편이라 비둘기처럼 모두 같은 과 잠바를 걸치고 과 동기들끼리 몰려다니던 시절이었다. 어떤 이야기를 나누며 시간을 보냈는지는 강산이 변할 정도의 시간이 흘러 기억이 나지 않지만 대체로 영양가는 없었다. 그날도 학교 지하 스튜디오에 모여 농담 따먹기나 하고 있었을 것이다. 그중 A가 있었다. 여럿이 이야기하다가 나와 A 사이에 의견 차이가 생겨 잠시 언성이 높아졌다. 얼마 정도 설전을 벌이다가 도저히 그의 말에 수긍할 수 없어 아주 잠깐 고개를 돌리고 한숨을 쉬었다. 나의 한숨을 본 A는 자기가 무시당했다고 생각했는지 순간 눈이 돌았다. 사람의 눈에 불꽃이 이는 걸 처음 봤다. A는 그대로 내게 돌진하려 했다. 주변에 다른 사람들이 없었으면 당장 내 멱살이라도 쥐어 올릴 기세였다. 나는 조금도 겁먹지 않은 척 그를 향해 "넌 항상 그런 식이야." 라는 조금 촌스러운 대사를 남기고 자리를 벗어나려 등을 돌렸다. 그렇게 자리를 떠나는 내 등 뒤로 의자를 던진 건지 우당탕거리는 소리가 들렸다. 소란에 겁을 먹은 나는 그가 쫓아올세라 헐레벌떡 복도를 달려 곧바로 여자 화장실로 들어가 문을 잠갔다. 그날 나는 A가 자리를 벗어날 때까지 화장실에서 나갈 수 없었다. 할 수 있는 거라곤 그 자리에 함께 있었던 동기들에게 "걔 갔냐?"고 카톡을 보내는 일뿐이었다.

가만 보니 그 녀석은 나를 페미니스트로 키워낸 장본인이기도 했다. 그때는 모 유명 남연예인이 과거 라디오에서 '여자들은 멍청하다'부터 시작해 '개X년'과 같은 입에 담기도 심각한

욕설을 아무 제재 없이 내뱉었던 일이 대중 앞에 드러나 인터넷이 시끄러울 때였다. 많은 여성이 분노했고 그때 나는 처음으로 여성 혐오라는 단어를 접했다. A와 나는 촬영을 마친 뒤에 함께 차를 타고 학교로 돌아가고 있었다. 늘 같은 패턴으로 영양가 없이 시작된 대화에 어쩌다 그 주제에 대한 이야기가 나왔고 그는 그 남연예인이 불쌍하다고 중얼거렸다. 내가 잘못 들은 줄 알고 A에게 되묻자 예전에 한 '말실수 하나'로 저렇게 커리어가 망가지는 것이 안타깝다고 말했다. 참 슬프게도 익숙한 반응이었다. 남성들에게 곧잘 주어지는 '앞길이 창창한 청년' 면죄부였다. 실제로 그 남자 연예인은 특별 출연 중이던 한 예능 프로그램을 제외하고 고정 출연 중이던 9개의 프로그램 모두를 이어나갔다. 여전히 그의 세상은 조용했고 통장도 안전했다. 그날이 내 인생 처음으로 여성의 편에 서서 누군가와 언쟁을 벌였던 날이었다. 이날을 생각하면 나는 역시 하말넘많이 될 운명이었던 것 같기도 하다.

한번은 나보다 두 살 많은 남자 동기에게 팔뚝에 멍이 크게 들 정도로 가격을 당한 적이 있다. 그는 B라고 하겠다. 그는 장난이 심한 편이었다. 계단을 올라가고 있는 여자 동기의 발목을 뒤에서 손으로 잡아채 위험하게 만들거나 어깨나 주먹으로 툭툭 치는 건 일상이었다. 본인은 그렇게 장난을 심하게 쳐대면서도 남이 본인에게 장난을 치는 건 참을 수 없는 유형이었다. '가오에 육신을 지배당한 사람.' 그를 표현하기에 이보다 적합한 문장은 아직 찾지 못했다. 그의 가오를 조금이라도 건드리면 그는 쉽게 분노했다. 그날은 내가 혼자 있던 과실에 B가 등장했다. 그는 평소와는 다르게 프로필 사진이라도 찍고 왔는지 슈트를 차려입은 모습이었다. 나도 둘째가라면 서러울 정도로 장난기가 많은 사람이니 그 모습을 보고 놀리지 않을 수 없었다. 가볍게 시동을 걸었다. 그랬더니 본인도 질 수 없었는지 내 외모를 가지고 놀리기 시작했다. 그 시절 남자 동기들 사이에서 내 별명은 '개떡대'였다. 어깨가 넓어 생긴 별명이었는데 그 별명이 내게 딱히 큰 데미지를 주지 못한다는 것을 모르고 내 덩치를 물고 늘어지기 시작했다. 그래서 마지막으로 한마디 했다. "나보다 어깨도 좁으면서."

잠깐의 정적이 흐르고 B는 내게 그만하라고 목소리를 낮게 깔고 말했다. 나는 그만두지 않았다. 그는 크게 분노하며 별안간 내 오른팔을 꽉 잡고 팔뚝에 주먹을 내리꽂기 시작했다. 한

음절에 한 대씩 "내가(퍽) 하지(퍽) 말라고(퍽) 했지?(퍽)" 그렇게 총 네 대 맞았다. 피멍이 들었다. 아마 사진첩을 뒤져보면 내가 복수하겠다며 환부를 찍어놓은 사진도 있을 것이다. 물론 내 짓궂은 장난에 그가 기분이 나빴을 수도 있겠으나 누구나 기분이 나쁘다고 사람에게 주먹질을 하지는 않는다.

그 이후로 내게는 맞기 직전까지만 남자들을 건드리는 능력이 생겼다.

따지고 보면 나는 지금도 남자들에게 꾸준히 맞고 있다. 유튜브에서 '하말넘많' 채널을 운영한 지 햇수로 4년이다. 그동안 내가 살면서 겪어온 남자들과는 비교도 되지 않는 수의 많은 남자가 내게 상처 주려 들었다. 물리적으로 그들은 나를 만날 수 없기에 내 몸에 상처가 남지는 않았지만, 어떤 댓글들은 내 마음속에 깊은 생채기를 남기기도 했다.

그들이 나를 때리고 싶었던 이유가 무엇일까? 아마 내가 그들을 이기려 들어서이지 않을까 생각한다. 그런데 이기려 든다는 말이 조금 우습다. 나는 단지 말로는 누구에게 지지 않고

'맞는 말'을 조금 돌려서 하는 법을 아는 사람일 뿐이다.

　그들은 왜 나를 말로 이길 수 없다고 주먹부터 휘둘렀던 것일까. 여태 어떤 인생을 살아왔길래. 그들이 화가 나는 순간마다 내게 했던 것처럼 폭력적으로 굴었다면 다들 구치소쯤은 들락날락하는 인생이 되었을 텐데 왜 다들 사회생활은 잘만 하며 살아갈까. 분노에 그렇게 약하면서. 그럼 선택적으로 내게만 주먹이 떨릴 정도로 분노를 했던 것일까? 여남불문 나 같은 놈이 본인들 인생에 한두 명은 아니었을 텐데. 어딜 가나 나 같은 놈은 있지 않나? 역시 '여자'인 내가 '맞는 말'만 골라 하면서 '남자'인 당신들을 이겨 먹어서일까.

　생각 정리는 차차 하도록 하겠다.

정의의 사도를 만나다

　　시간이 흐를수록 치즈와 매운 양념으로 뒤덮이고 있는
치킨 시장에서, 아직도 '파닭'을 찾는 사람들이 있다. 바로 강민
지와 나다. 알싸한 겨자 소스에 푹 절인 기다란 파채, 그리고
그 밑에서 눅눅해진 파닭은 우리 둘에게 언제나 환영받는다.
다만 문제가 있다면, 파닭의 좁아진 입지 탓에 맛있는 파닭을
먹기 어려워졌다는 것. '옛날 그 맛이 아닌' 파닭을 시켜 먹고
이내 시무룩해졌던 경험들이 꽤 있다.

　　향수를 불러일으키는 '옛날 그 맛' 중에서도, 강민지와 처음
밤을 새우며 먹었던 파닭은 그 생김새와 질감, 혀끝을 찌르는
겨자 소스의 맛까지도 생생히 기억난다. 학교에 입학한 뒤 처음

으로 편집실에서 밤을 새운 날이었다. 아무리 생각해도 편집한 기억은 없고 털레털레 계단을 내려가다가 아침에 촬영을 끝마친 동기를 마주쳐 머쓱해하면서 집에 갔던 기억만 존재하는 걸 보면, 그날은 그냥 강민지와 놀다가 아침에 집에 돌아간 날이었던 것 같다. 물론 아침에 돌아갔던 그 집은 학교 앞에 살던 강민지의 자취방이었다.

우리가 대학에 입학하던 시기, 젊은이들에게 대세인 SNS는 페이스북이었다. 지금 인스타그램보다 훨씬 더 생활 밀착형 SNS였던 것으로 기억하는데, 메시지 기능뿐만 아니라 나와 동시에 접속하고 있는 '동접자'를 볼 수 있기 때문이었다. 우리가 파닭에 진한 향수를 가지게 된 이유도 페이스북 동접자로부터 출발한다.

'그에게 달려간다'
'그를 위한 여정'

파란 롤리팝 핸드폰을 귀에 대고, 털이 북실북실한 카키색 야상을 입은 강민지가 페이스북에 가입한 뒤 처음으로 쓴 글이었다. 나는 포복절도하며 그 현장을 사진으로 계속 기록했다. 모니터 왼쪽에 파닭을 가지런히 두고 우리가 했던 일은 그것을 열렬히 먹는 것이 아니었다. 당시 여학생들에게 꼴사나운 짓을 하던 남학생을 SNS상에서 대응하기 위해 페이스북에 가입한 일이었다. 그 남학생은 내 페이스북 계정의 동접자였고, 우연히 들어간 그 계정의 '꼴사나운' 글과 댓글이 우리를 자극한 것이었다. 강민지는 참지 않았다.

자정이 넘은 시각, 페이스북에 화려한 데뷔를 마친 강민지는 그 남학생을 '꼽줄 수 있는' 몇 가지 멘트들을 신중하게 고르고 또 골랐다. 사실 돌이켜 보면 아무것도 아닌 말 한마디였을 수 있지만, 당시 풍토에 대해 아무도 불편함을 토로하지 못하던 때에 강민지의 한마디는 무척 대단한 것이었다. 내가 그런 남학생들에게 취했던 전략이 '무대응' 혹은 '못 본 척, 못 들은 척'이었던 것에 반해 강민지는 할 말은 하고 사는, 그런데 그 할 말을 웃기게 돌려서 할 줄 아는, 떡잎부터 다른 아이였다.

'하말넘많' 채널을 운영하며 가장 많이 들었던 질문 하나를 꼽자면, "두 분 첫인상은 어떠셨나요?"이다. 워낙 오래전부터 강민지를 알았기 때문에, 그때마다 내가 했던 답은 "기억이 안 나요."였다. 하지만 내가 처음으로 그와 친분, 그리고 그것을 넘어선 모종의 유대감을 느꼈던 때는 학기 초에 파닭을 먹은 이날이었다고 명확하게 말할 수 있다. 그러니까 다시 말하자면 강민지의 첫인상은 이렇다. '아무도 대항하지 못하는 남학생을 비판하며, 그것을 유머로 승화시킬 수 있는 능력을 갖춘 웃긴 애.'

그렇게 그 새벽, 우리는 페이스북 창 앞에서 두 마리 파닭을 모두 해치웠다. 시간이 지날수록 진해지는 파닭 소스의 맛과 통쾌한 복수극은 우리를 잠들지 못하게 했다. 우리는 아주 천천히 파닭을 음미하며 신나게 키보드를 눌렀다. 불현듯 강림한 편집실 정의의 사도 강민지. 시간이 오래 흘러 그가 입력했던 문장들은 이제 희미해졌지만, 어스름히 해가 뜰 때까지 멈추지 않았던 타이핑과 젓가락질은 여전히 기억난다.

그 이후로도 나는 그의 자취방에 종종 들러 세 명이 먹어도 남길 만한 비빔국수나 혼자서는 다 못 먹을 딸기 한 통을 함께 먹곤 했다. 그러나 우리의 심장을 때리는 음식은 아직도, 단연코 '파닭'이다. 치킨을 시키려다 누군가 "파닭 먹을래?" 하고 말하는 순간, 마주치는 두 눈빛에서 세월이 읽히는 음식. 단어 하나에 오감을 넘어 짜릿함까지 기억되는 음식. 지금까지도 "파채가 소스에 숨이 죽을 때까지 기다려야 제맛이지."라고 말하며 그때를 회상하는 우리는 명실상부 '파닭 마니아'다.

어차피 결론은 서솔

서솔은 갓 고등학교를 졸업한 20살 때도 그다지 만만한 녀석은 아니었다. 쉽게 건드릴 수 없는 아우라가 있었다. 앞에 보이는 누구에게나 장난을 걸어대던 그 시절의 나조차도 그를 대하는 것은 조금 조심스러웠다. 누구나 가지고 있는 신입생 시절 흑역사 썰 같은 것도 그에게는 남의 이야기다. 그는 이미 20살 때부터 완성형 어른이었다. (물론 이것도 스무 살짜리가 동갑내기를 보고 들었던 생각이니 왜곡이 조금 있을 수 있겠다.)

유튜브를 시작하고 많이 받은 질문 중 하나가 "두 분이 어떻게 친해지셨어요?"였다. 우리가 여태 친한 친구라는 사실이 그렇게나 믿을 수 없는지 SNS에도 종종 비슷한 내용의 질문 글이 올라왔다. 아마도 서솔이 어떻게 강민지를 감내하며 친구가 될 수 있었는지가 궁금한 것 같기도 한데, 김이 빠지겠지만 사실 우리는 특별한 계기 없이 어느 순간 친해진 케이스였다. 그래서 그에 대한 대답은 항상 "잘 모르겠다."로 통일했다. 그냥 어느 순간 서솔이 나의 자취방을 드나들고 있었고 어쩌다 보니 함께 여행을 다녀오는 사이가 되어있었다.

학과 특성상 같은 촬영장에서 함께 3~6개월씩 작업하고 친해지는 경우가 많았다. 그런데 우리는 입학하고 1~2년간 그 많은 촬영장에 불려 다니며 막내 생활을 하는 동안 단 한 번도 같은 팀에 속해본 적이 없었다. 그러다가 한 동기의 워크숍에서 처음으로 함께 작업하게 되었다. 우리를 포함해 메인 스태프가 모두 여성으로 이루어진 팀이었다. 사실 같은 팀에 속해있더라도 서솔은 촬영팀이었고 나는 보통 예산과 일정을 담당하는 제작팀이었기에 주로 파트 별로 움직이는 사전 준비 기간에는 함께 작업할 일이 그다지 많지 않았다. 한 주에 1~2번 있는 전체 스태프 회의 날, 쉬는 시간에 다들 담배를 피우러 나가면 비흡연자인 우리 둘만 늘 자리에 남아 자판기에서 포카리 스웨트를 뽑아 먹었던 추억 정도가 있다. 우리는 그 시간을 포카리

타임이라고 불렀다.

　서솔이 나에게 그냥 친구에서 '좀 잘난' 친구가 된 것은 촬영이 시작되고 나서였다. 우리가 학교를 다닐 때, 같은 학년에 성비가 6 : 4 정도로 여학우의 수가 훨씬 많았으나 촬영부는 보통 남학우들이 도맡아했다. (이 부분에 대해서도 할 말이 많지만 일단 넘어간다.) 그리하여 그 시절 우리 또래의 촬영부 (남자) 학우들은 내게 이런 이미지였다. 콜 타임이 아침 7시라면 새벽 5시까지 술을 퍼마시고 자다가 결국 약속한 시각이 한참 지나고 나서야 술 냄새를 풍기며 어슬렁어슬렁 촬영장에 등장한다거나, 그것도 아니면 PC방에 모여 밤새 게임을 하다가 바로 촬영장으로 나와 촬영 중에 녹화 버튼을 눌러 놓고 깜빡 존다거나 하는 모습 말이다. 이 모든 게 내가 지어낸 이야기였으면 좋겠지만 모두 내가 직접 겪고 들은 실화다. 그럼에도 불구하고 촬영 전공이 귀해서 서로 모셔가려고 하다 보니 태도를 고칠 생각 없이 건들거리던 모습들이 아직도 눈에 선하다.

　그런데 서솔은 조금 달랐다. 촬영 당시 일화를 이야기해보겠다. 야외 촬영이 줄줄이 예정되어 있을 때였는데, 일기 예보와는 다르게 갑자기 비가 내리기 시작했다. 촬영을 미룰 수 있으면 좋았겠지만, 촬영을 연기한다는 것은 결국 추가로 예산이 더 든다는 이야기였고 우리에게는 그럴 돈이 없었다. 촬영 일정을 도맡아 짰던 내가 망연자실해 있을 때 서솔은 당황하지 않고 본인이 할 일을 했다. 먼저 카메라가 비에 젖지 않게 우비로 꼼꼼히 감싸고 마치 이런 상황이 한두 번이 아니라는 듯 다른 팀원들에게 역할을 부여하고 있었다. 카메라에 우산을 모두 씌우고 서솔은 거지꼴을 한 채로 비를 다 맞아가며 예정된 씬을 모두 찍어냈다. 그때 그에게는 스물한 살짜리에게서 나올 수 없는 책임감과 카리스마가 있었다. 요즘 말로 '인생 2회차' 같았달까. 그 나이에는 무릇 일이 잘못되었을 때 남 탓도 하고 옆 사람에게 일도 미루고 하는 미성숙한 모습을 보여줘야 인지상정인데 그는 참 어려서부터 그냥 '서솔'이었다. 서솔은 장르가 '서솔'이다. 삼남매의 둘째로 태어나서 그런지 아니면 대학 시절 하도 팀플 버스를 태워주고 다녀서 그런지(나도 서솔 버스를 탄 적이 있다.) 그때의 서솔은 참 잘나 보였다.

시간이 흘러 대학 졸업반이 되었다. 당시는 내 두 번째 다큐멘터리 〈천에오십반지하〉를 준비할 때였다. 체험적 성격이 있는 다큐멘터리다 보니 출연자를 섭외하는 것이 만만치 않았다. 결국 내가 다큐멘터리에 직접 출연하기로 했고 그러려면 날 찍어줄 촬영 감독이 필요했다. 답지 않게 낯을 심하게 가리는 편이라 아무하고나 작업할 수는 없었다. 애초에 남성 감독은 선택지에 없었고 내가 낯을 가리지 않을 만큼 나를 잘 아는 사람이어야 했다. 이 두 가지 조건이 언뜻 보면 별것 아닌 것 같아도 여성인 촬영 감독 자체가 교내에 다섯 손가락에 꼽힐 정도로 너무 귀해서 일단 시작부터 난관이었다. 사실은 그 다섯 손가락마저도 죄나 잘 모르는 사람들뿐이라 결국 서솔이 유일한 선택지였다. 그러나 당시 서솔은 취업 준비를 하느라 한창 바빠서 나에게 내어줄 시간이 없었다. 나는 어른스럽게 나에게 기회가 오기를 기다렸다. 다른 사람은 사실 나에게 크게 의미가 없었기에 서솔의 자리를 비워둔 채 반년 정도 혼자서 작업을 이어나갔다. 그 시간을 지금 돌이켜 보자면 참 혹독했다. 제작비를 따내려 온갖 영화제에 서류를 보내고 방송사에 피칭(투자금 유치를 위해 투자자들에게 사업 아이디어나 아이템 등을 제안하는 프레젠테이션)을 다니고, 다큐멘터리 스쿨 같은 프로그램에 합숙 교육도 받으러 다녔다. 그런 와중에도 서솔에게 러브콜을 보내는 것을 멈추지 않았다. 그런 노력 끝에 결국! 서솔을 얻을 수 있었다.

줄곧 혼자 해오던 작업은 서솔 투입을 기점으로 빠르게 진행되었다. 당초에 내가 예상했던 일정보다도 빨리 모든 프로덕션이 마무리되었다. 학교를 다니던 5년 동안 촬영 일정은 밀리는 것이라고 배웠지 빨리 끝내본 적은 단 한 번도 없었다. 기적이라고 봐도 무방했다. 그때는 단순히 내가 열심히 해서라고 생각했지만 지금 서솔과 함께 일한 지 4년 차가 되어보니 그 기적을 만들어낸 비결을 알 것도 같다.

우리는 성격처럼 일하는 스타일도 정반대다. 굳이 나누자면 나는 시작형이고 서솔은 마무리형이다. 나는 떠오르는 생각은 바로 뱉어내야 직성이 풀리는 사람이고 서솔은 머릿속에 생각이 정리되면 그제야 말을 하는 사람이다. 난 성격처럼 뒷일은 생각하지 않고 일단 머릿속에 떠오르는 아이디어를 던져서 실행부터 시키고 보는 스타일이다. 서솔은 내 의견이 말이 되는 것인지 한참을 고민하고 머릿속으로 대략 계획이 서면 아이디어를 구체화시키고 준비한다. 서솔은 내가 미처 생각이 닿지 못하는 부분까지 미리 대비한다. 편집에 있어서도 그렇고 모든 일이 내 손을 먼저 탄 후 서솔 손에서 마무리가 되는 프로세스이다 보니 각자 할 일만 잘하면 서로 터치할 일이 생기지 않는다. 말은 쉽지만 '각자의 일만 잘하면 된다.'는 명제가 성립되기는 굉장히 어렵다는 것을 크면서 자연스레 알게 되었다. (나도 알고 싶지 않았다.) 그러나 이제 우리는 별말 없이도 각자의 일을 찾아서 하다 보니 갈수록 회의를 할 필요도 없어져 두 달에 한 번쯤 머리를 맞대고 앉는 수준이 되었다.

사실 그냥 친구이기만 할 때보다 친구이자 직장 동료인 지금이 훨씬 더 좋다는 생각을 자주 한다. 점점 전국 내 친구 자랑이 되어가고 있는 것 같은데, 나에게는 그때나 지금이나 어차피 결론은 서솔이다.

똑딱이부터 드론까지

서

　　영화를 촬영하는 기법 중 'Bird's eye view'라는 것이 있다. 글자 그대로 새의 시점에서 장면을 기록하는 방식이다. 인간이 쉽게 경험할 수 없는 시점을 통해 상황을 설명하고, 때에 따라 신성함 혹은 경외감을 불러일으키기 위해 사용되곤 한다. 예전부터 화면 안에 피사체가 아주 작게 표시된 롱 숏 (Long shot)을 좋아했던 나에게 Bird's eye view는 마음에 쏙 드는 촬영 기법이었다.

　　처음부터 촬영을 전공할 생각으로 대학에 입학한 것은 아니었다. 영화과에 입학하는 거의 대다수 학생은 연출(감독)을 생각하고 입학하는데, 나 역시도 그랬다. 그러나 막상 들어와 보니 카메라와 조명이 내 마음을 좀 더 끌어당겼다. 뷰파인더에 보이는 세상을 마음대로 컨트롤할 수 있다는 게 좋았다. 직관적으로 내가 생각한 것들을 구현할 수 있다는 점이 매력적이었다.

처음으로 카메라에 관심을 가졌던 건 중학교 2학년 때였다. 학교 동아리에 사진반이 생겼다는 소식을 듣고 얼떨결에 들어갔다. 집에서 주인 없이 굴러다니던 최신 디지털카메라를 써보고 싶다는 생각이었던 것 같다. 소위 '똑딱이'라고 불리는 자동 디지털카메라가 막 출시되었던 시절이었고 그 물체에 적극적으로 관심을 주기 시작했던 때에 시기가 딱 들어맞았다. 어떤 마음가짐으로 들어갔는지는 잘 기억나지 않지만, 운이 좋았던 것은 확실하다. 그때 사진을 찍던 순간들이 지금의 나를 이루는 데 기여했기 때문이다.

사진반에서 똑딱이를 들고 출사하러 다니며 찍은 사진을 학생들과 함께 보고 이야기를 나누는 시간이 있었다. 그런데 지금까지 가장 선명하게 남아있는 기억은 그때 찍었던 사진들이 아니라 당시 사진반에 강의를 오던 교수님이다. 나의 선생님은 모 대학에서 사진을 가르치던 교수님이었다. 자신의 몸통만 한 카메라 가방을 교실 앞에 턱 내려놓던 순간이 아직도 생각난다. 나중에서야 그 안에 들어있던 것이 초고가 망원렌즈라는 것을 알았다. 자신의 장비값이 2천만 원 정도라고 했다. 어린 나는 그 모든 상황에 놀랐다. 여자 선생님이 왔는데, 머리카락이 우리 아빠보다 짧을뿐더러, 자신의 몸보다 큰 카메라가 있고, 그 값이 2천만 원. 대박. 놀람 종합 세트였다. 그리고 이 놀람 종합 세트는 곧바로 선망의 대상이 되었다.

"너는 구도를 잡을 줄 아는구나."

선망의 대상에게 듣는 칭찬의 효과는 굉장했다. 선생님은 으레 내가 찍은 사진들에 칭찬을 아끼지 않았다. 하루는 자신이 대학 수업을 하는 곳에 가서 '중학생이 찍은 사진'이라며 보여주기까지 했다고 하셨다. 뭐가 뭔지 몰랐던 나는 어리둥절했지만, 이듬해 장래 희망에 '사진작가'를 써서 냈던 것을 보면 내게 굉장한 영향을 끼친 사건이었다. 한 학기의 수업은 내 인생을 더 높은 야망의 길로 인도했다. 진지한 직업 탐구를 시작했다. 지금 사진작가로서 살아가고 있지는 않지만, 내가 살아가는 길에 초석이 놓인 순간임은 틀림없다.

카메라와의 첫 만남은 이토록 아름다웠으나 대학교에 들어가서 촬영을 선택한 데는 일종의 반감도 작용했음을 부정할 수 없다. 입학했을 때 촬영을 하는 여자 선배는 모든 학년을 통틀어 단 두 명이었다. 믿을 수가 없었다. 세부 전공으로 촬영을 선택한 많은 이유가 있지만, 왠지 내가 해야 할 것 같다는 생각도 한몫했다. 누가 시킨 것도 아닌데 그런 생각을 했다. 결론적으로는 절대 쉽지 않은 길이었다. 대한민국 여성 평균 체형으로 무거운 장비를 다뤄야 한다는 사실도 어려웠지만, 단순히 나의 성별이 여성이기에 받는 취급들이 더 잔인했다.

촬영장에서 숨이 찰 때마다 사진 선생님을 생각하곤 했다. '지금도 세상이 이런데, 더 고리타분했던 그 시절에 어떻게 그 큰 카메라를 들고 사진을 찍을 수 있었을까.' 여자라는 이유로 촬영장 안에서 부당한 대우를 받을 때가 왕왕 있었다. 동료 스태프와 말도 안 되는 스캔들로 묶인다든지(또래 남자 스태프 옆에 앉아만 있어도 나이 든 남자 스태프들은 둘이 사귀냐고 물었다.), 촬영이 끝나고 난 뒤 술집에서 술을 따르게 한다든지(술을 따르게 하려고 불렀다고 했다.) 보통 그런 일이었다. 한 드라마 촬영 현장에서는 전자 담배를 뻑뻑 피우며 대놓고 나를 뚫어져라

쳐다보던 남배우도 있었다. 무서워서 그 남배우를 못 쳐다봤다. 남자 촬영 스태프들이 모여 여성 촬영 감독을 씹는 술자리를 마지막으로 다시는 상업 현장에 나가지 않았다.

슬프지만 쿨한 이별을 마지막으로 내 인생에 더 이상 새로운 장비의 출현은 없을 것이라 생각했다. 그러나 디폴트립 (Defaultrip, 사회가 정한 허구의 여성성을 벗어던지고 떠나는 여행)을 계기로 드론을 만나게 되었다. 멋진 사람이나 사물을 보면 동경하게 되는 것처럼, 나에게 Bird's eye view 앵글은 늘 동경의 대상이었다. 뭇 촬영장에서 어깨너머로 보았던 드론 조종기 안에 어떤 화면이 담기고 있을지 늘 궁금했다. 하지만 국내에서 드론을 날릴 수 있는 곳은 무척이나 한정적일 뿐더러, 교육을 받아야 한다는 압박이 드론을 검색할 때마다 쏟아져 나왔다. 그 검색 결과들은 나를 뒷걸음치게 만들기에 충분했다.

하지만 이번엔 달랐다. 겁을 먹기보다는 '내가 못할 거 뭐 있나?'라는 생각이 들었다. 디폴트립을 가기 전 민지와 촬영에 관한 이야기를 나누다 드론 이야기가 나왔고, 예전과는 다르게 일단 드론 플래그십 스토어로 가보았다. 몇 번의 조작 체험 끝에 드론을 손에 넣을 수 있었다. 그리고 며칠 뒤 그와 함께 서울 시내의 한 비행장으로 향했다.

기체를 연결하는 데 한참을 씨름하고, 메마른 흙밭에서 드론을 띄웠다. 그 순간 깨달았다. '이거 진짜 대박이구나.' 내가 절대 도달할 수 없는 시점에 올라가 세상을 담는다는 것. 대단한 경험이었다. 동경하던 새의 시점이 되어보자 내가 카메라를 좋아했던 이유가 오랜만에 생각났다. 내가 원하는 대로 무엇이든 찍을 수 있다는 사실은 여전히 굉장했다. 신기하게도 카메라를 하늘 위에 더 높이 띄울수록 나 자신의 존재가 더욱 뚜렷하게 느껴졌다.

새의 시점이지만 그 새를 만들어낸 것도 결국 나 자신이라는 사실이 좋았다. 세상을 위에서 조망할 수 있다는 감각은 그 자체만으로도 시야를 넓혀주는 기분이었다. 세차게 날아가는 드론의 날갯짓을 바라보고 있자 더 이상 Bird's eye view가 아니라 'Sol's eye view'라고 부르고 싶어졌다. 앞으로도 내가 원하는 대로 세상을 바라보고, 내가 원하는 대로 찍고 싶은 것을 찍겠다는 다짐을 했다.

여성을 위한
미디어를 만듭니다

하고 싶은 말이 너-무 많아서

(서)

"커스텀 디셔츠 어디서 만들어야 해?"

2018년, 민지의 질문이 '하말넘많'의 시작이었다. 여행 갔을 때 그린 그림으로 티셔츠가 만들고 싶으니, 만들 곳을 알려달라는 이야기였다. 나는 내가 만든 아트워크(artwork)를 커스텀 티셔츠, 폰케이스로 만드는 것을 즐기던 인간이었기에 몇 가지 사이트를 알려줬다. 그렇게 이야기를 나누던 중, "이것도 만들고 싶다."라며 다른 사진이 전송되었다. 강민지가 손수 그린 '말하기 전에 생각했나요?'라는 그림이었다. 사진을 받자마자 기다렸다는 듯 말하기 전에 생각하지 않았던 사람들에 관해 이야기했다. 얼마 전에 들었던 '빻은' 이야기, 그때 그 시절 우리를 괴롭혔던 이야기들. 모두가 알다시피 말하기 전에 생각하지 않는 사람이 세상에 많은 만큼 카톡 창은 불타올랐다.

민지가 페미니스트라는 것은 오래전부터 알고 있었다. 다만 커스텀 티셔츠 이야기를 하기 전까지 '페미니즘'이라는 단어를 입에 올려본 적은 없었다. 내가 나 자신을 페미니스트라고 생각하지 않았기 때문이었다. 우리 둘은 한국 사회의 불편한 단면에 대해 욕하는, 딱 그 정도의 관계였다. 2017년에는 'FEMINIST'라는 단어가 대문짝만하게 적힌 후드를 입고 여행지에 온 민지를 보고 놀란 적도 있었다. 이제 와서 고백하지만 소스라치게 놀랐는데 겉으로는 티 내지 못했다. 속으로만 침을 꿀꺽 삼켰다. 세상에, FEMINIST라고 써있는 옷을 입다니! 겁이 많은 내게는 그 모습이 꽤 '급진적인 페미니스트'처럼 보였다. 나에게 겉으로 페미니스트 티를 낸다는 것은 상상할 수도 없는 일이었다.

그러나 여행을 다녀오고 일 년 남짓한 시간이 흐르는 동안, 나 역시도 나를 페미니스트로 명명하지 않고는 살아갈 수 없음을 서서히 깨달았다. 당시 나는 프리랜서로 일하며 전시를 하거나 다른 예술가들과 협업을 하는 개인 작업을 병행하고 있었는데, 시간이 지날수록 내가 여성이라는 사실이 작업의 가장 중요한 모티브가 되어가고 있었다. 내면 깊숙한 곳에서부터 시작된 생각을 예술로 만들고 싶은 열망이 강했는데 그 주제는 모두 '여성의 삶'이었다.

'말하기 전에 생각했나요?'라는 문장은 나의 그런 열망을 건드리기에 아주 적합한 말이었다. 나에게, 우리에게, 여자들에게 말하기 전 생각하지 않는 사람들에 대한 에피소드는 차고 넘쳤다. 이야기가 진행될수록 생각보다 우리가 세상의 빻은 점에 대해 하고 싶은 말이 많다는 걸 깨달았다. 대화 초반에는 나도 내가 만들고 싶었던 폰 케이스를 만들어 배송비만 1/n을 할 요량이었는데, 어느새 "이런 것도 같이 만들어 보지 않을래?"라는 말을 하고 있었다. "주변에 이런 거 하고 싶은 사람들 더 있지 않아? 우리 페미니즘 굿즈 만들어볼까?"

거창한 대의보다도 당장 우리가 살면서 하고 싶은 말과 이미지를 삶 속에 녹여보고 싶었다. 그러니까 쉽게 말해서 '말하기 전에 생각했나요?'라는 배지를 만들어 우리 가방에 달고 싶던 것이다. 내가 입고 싶어서, 내가 갖고 싶어서 커스텀 디자인을 하는데 이왕 만드는 김에 더 많이 만들어서 같은 생각을 하고 있는 사람들에게 팔아보자는 기획이었다. 여기까지의 진행은 심플했다. 터닝 포인트는 두 번째 회의에서 일어났다.

회의 전날 새벽, '인스타 툰'을 그리고 싶다는 생각이 머릿속에 가득 찼다. 다음날 회의에 가서 인스타 툰을 제안해보고자 새벽 세 시까지 휴대폰 메모장에 그려보고 싶은 인스타 툰 주제를 써봤다. 당시에는 책으로도 출간된 《며느라기》처럼 인스타그램을 통해 연재하는 만화가 선풍적인 인기를 끌고 있었다. 콘텐츠를 재미있게 보면서 내심 나도 해보고 싶었던 마음을 어딘가에 어필할 기회가 드디어 생긴 것이었다.

인스타 툰 제안은 생각보다 쉽게 받아들여졌다. 그렇게 하고 말 넘많은 인스타 툰과 함께 시작을 알렸다. 유튜브보다 먼저 개설된 인스타그램 계정에 출사표를 던지고, 각자 페미니즘을 기반으로 그려보고 싶은 사적인 주제들을 선정하여 그림을 그렸다.

내가 정한 주제는 '바바리맨'이었다. 초등학생 때 학교 앞에서 소위 바바리맨을 마주친 일이었는데, 성인이 될 때까지 트라우마로 남아있었다. 그동안 바바리맨이라는 폭력적인 존재가 미디어를 통해 희화화되는 것이 늘 이해되지 않았다. 그런 생각들을 10장짜리 그림에 압축하여 올렸다. 그렇게 '한국 사회에서 비혼이라고 하면 듣는 말(민지의 주제)', '여성이 담배를 피운다고 하면 듣는 말(당시 참여했던 다른 분의 주제)' 등 사적인 주제로 각자의 페미니즘을 이야기했다.

그러나 인스타 툰은 막상 해보니 별로였다. 놀랍게도 각자 한 번의 업로드 만에 흥미를 잃어버렸다. 만화와 친숙하지 않은 사람들이 그림을 그리니 마음처럼 잘 되지 않았다. 다시 모여서 회의를 했다. 우리의 본업이 영상이라는 사실로 되돌아가, 인스타 툰으로 그려냈던 주제를 영상으로 다시 말해보자는 결론을 냈다. 그렇게 2018년 5월 15일, '바바리맨은 성범죄자' 영상이 업로드되었다.

반응은 잠잠했다. 영상을 처음 올릴 당시, 우리 중 그 누구도 유튜브를 잘 아는 사람이 없었다. 우연한 계기로 한자리에 모여 재미로 올린 영상이었으니 조회 수 100이라는 숫자에 별

타격도 없었다. 유튜브도 다른 취미 활동처럼 눈에 띄는 결과 없이 그렇게 흘러 지나가겠거니 생각했다. 그렇게 세 편의 영상을 올리고 석 달이라는 시간이 흘렀다.

갑자기 지인들의 연락을 받기 시작했다. 어떤 커뮤니티에서 글을 봤는데, 그 안에 나를 닮은 사람이 있다는 것이었다. 채널 조회 수가 폭발하기 시작했다. 유튜브에서 조용한 채널의 동영상 한 개의 조회 수가 폭발하는 것을 보고 '알고리즘 탔다'라고 일컫는데, 우리의 영상이 알고리즘 태워진 것이었다. 8월 24일 구독자가 천 명을 돌파하더니, 이튿날 구독자가 2천 명이 되며 '담배 영상'의 조회 수는 5만 회가 넘었다. 그쯤 되니 알고리즘을 타는 것뿐만 아니라 여성 커뮤니티에서 입소문이 나기 시작했다. 4일 뒤인 28일 구독자 5천 명, 9월 초엔 유튜버 인증 마크 같은 만 명 구독자를 보유한 채널이 되었다. 무슨 일이 일어나고 있는 건지 혼란스러울 만큼 급속한 성장이었다. 나는 그제서야 유튜브의 생리를 공부하기 시작했다.

훗날 민지와 나는 당시 채널의 성장을 일컬어 '유튜버 당했다'고 우스갯소리를 했다. 물론 채널의 이름을 짓고, 돈을 들여

스튜디오를 대관해서 영상을 촬영했지만 내가 페미니스트 유튜버 타이틀을 가진 채 3년이라는 시간을 보낼 것이라고는 상상조차 하지 못했다. 시작점을 생각하면 아직도 얼떨떨한 기분이 든다.

하말넘많은 한국 사회를 살아가는 여성들의 언어가 가시화될수록 커졌다. 불법 촬영 편파 수사를 정면으로 겨눈 '불편한 용기' 시위, 전국에서 터진 스쿨 미투 등 여성 혐오에 반기를 드는 이슈를 따라갔다. "우리가 이런 일이 있었는데…." 정도로 여성의 공감을 사고 싶었던 채널의 작은 주제들이 더 거시적인 사회 현상으로 넓혀졌다. 탈코르셋, 스쿨 미투, 유아 산업, 아이돌 시장, 예술계 여성 혐오 등 굵직한 주제들을 계속해서 다뤄 나갔다. 그해 11월에는 뉴욕 타임즈와 인터뷰를 할 만큼 새로운 콘텐츠를 공개할 때마다 기대 이상의 반응이 찾아왔다. 우리가 만드는 이야기가 세상에 필요한 이야기라는 것을 점점 더 깨달았다. 그렇게 영상을 제작하고 보니, 그해 연말에 하말넘많 채널은 페미니즘을 대표하는 유튜브 채널이 되어있었다.

* '하말넘많'이라는 채널 이름은 이름을 정하는 과정만 3시

간 이상 걸리자 '우리 너무 말이 많다'라는 자조가 터져 나와 서솔이 제안했던 이름이다. '하고 싶은 말이 너—무 많아서'를 줄인 말인데, 시간이 지날수록 이름을 너무 어렵게 지었다는 아쉬움을 남겼다. 처음 통화를 하는 상대는 99%의 확률로 이름을 못 알아듣는다. 유사품으로 '할말넘많, 할말하않, 하많넘많' 등이 있다.

전국 팔도 유랑기

(강)

엄마는 어린 나에게 리포터가 되라는 말씀을 자주 하셨다. 저녁 식사 시간에 습관적으로 틀어놓았던 〈생생정보통〉에 나오는 리포터들이 엄마 눈에는 늘 여행을 하며 사는 사람처럼 보였던 것 같다. 매주 다른 지역으로 여행을 떠나 어디서나 손님 대접을 받으며 맛있는 것들을 먹고 다니지 않느냐고 하면서 말이다. 게다가 그것으로 돈까지 벌 수 있으니 엄마가 보기에 내 딸이 저렇게 살면 행복하겠지 싶었던 것 같다. 하지만 난 늘 싫다고 했다. 한 번도 긍정의 답을 준 적이 없었다.

그런데 지금에 와서 그런 엄마의 바람을 반쯤 이루어 드릴 수 있게 되었다. 매달 다른 지역으로 토크 콘서트를 다니게 되었으니 말이다. 〈하말넘많 토크 콘서트〉는 2018년 서울을 시작으로 2019년 12월 대전까지 총 9개의 도시에서 진행되어 여러 곳을 돌아다녔다. 매달 각 지역의 여성들을 적게는 27명에서 많게는 200여 명까지 만났다. 그러나 일과 여행을 한 문장에 담는 것은 생각보다 어려웠다. 행사 수요 신청부터 장소 섭외, 숙소, 차편 그리고 행사 당일 촬영까지 행사에 관한 모든 진행을 서솔과 둘이서 하다 보니 한 달을 꼬박 써야 겨우 월말에 행사를 열 수 있었다. 스케줄이 꼬여 같은 달에 토크 콘서트를 두 번 했던 때는 몸이 너무 피곤해 입이 헐어 터졌던 적도 있다. 그럴 때는 정말 전쟁같이 살고 있다는 생각이 들 정도였다.

한 가지 다행인 점은 비즈니스 파트너가 친구라는 점이었다. 덕분에 대체로 일을 한다기보다는 여행하고 있다는 기분으로 한 해를 보낼 수 있었다. 기차를 타고 이동을 할 때면 햄버거 세트를, 비행기를 탈 때는 항상 공항 베이커리의 샌드위치를 먹었다. 부산에 가면 낙곱새를 먹고 대구에 가면 막창, 광주에 가서는 오리탕, 제주도에서는 전복과 흑돼지를 먹었다. 특히 제주도 토크 콘서트 때는 일을 핑계 삼아 한 3일 여행까지 다녀왔으니 더할 나위 없이 즐거웠다. 물론 여행하는 3일 내내 영상을 촬영했으니 온전히 쉬었다고 말하기에는 무리가 있지만, 다행히 우리는 놀면서 하는 촬영을 일이라고 생각하지 않았다. 타고나길 카메라를 좋아하는 아이들이었다. 어느 날 작업실에서 둘이 나누었던 이야기를 기억한다. "어차피 일이야 평생 해야 하는데, 여행하면서 놀듯이 하자. 일하면서 놀러 다닐 수 있는 게 행운 아니겠냐." 당시만 해도 주말 없이 한 달 내내 일하는 날도 많았다. 보통 월요일에서 금요일까지 작업실에서 일하고 주말에는 토크 콘서트를 가거나 다른 일을 위해 서류를 쓰는 일이 잦았다. 숙소 생활만 하지 않았을 뿐이지 거의 개인 생활이 없이 잠자는 시간 외에는 계속 함께 일을 했다. 그 시간을 버틸 수 있었던 원동력은 여행처럼, 노는 것처럼 함께 일을 할 수 있는 비즈니스 파트너이자 친구가 있다는 것. 그거 하나였다.

"우리는 어디에나 있고 어디에나 없지만, 우리의 존재를 오프라인에서 서로 확인하며 새로운 동력을 만들기 위해 토크 콘서트를 개최하게 되었습니다."

〈하말넘많 토크 콘서트〉의 변하지 않는 오프닝 멘트이다. 보통 저녁 시간대에 진행하는 다른 행사들과는 달리 우리는 오후 1시에서 2시 사이에 행사를 진행했다. 조금 이르다면 이를 수 있는 시간을 고집했다. 행사가 끝나면 저녁 식사시간이 될 수 있도록 하기 위해서였다. 우리는 행사가 끝나고 사람들이 혼자 집으로 돌아가지 않기를 바랐다. 여성들이 다시 뿔뿔이 흩어지지 않고 그날 하루만큼은 옆자리의 누군가와 밥이라도 한 끼 먹고, 커피라도 한잔하기를 바랐다. 그렇게 인연이 되어 소모임으로 이어지고 후에는 지역 커뮤니티로 커져 나가면 어떨까 상상했다. 서솔과 내가 지치지 않고 서로를 의지하며 일을 해온 것처럼 다른 여성들에게도 그런 동료가 생겼으면 했다. 그렇게 우리의 토크 콘서트가 지역 여성들의 고립감을 조금이라도 해소할 수 있기를 염원했다. 실제로 행사를 시작하고 일 년쯤 지났을 때 지역 곳곳에 온·오프라인 커뮤니티들이 생겼다는 소식을 들었다. 메일로 우리에게 소식을 전하기도 하고 다른 지역 토크 콘서트에 다시 찾아주셔서 직접 소식을 알려주기도 했다. 우리의 이상이 하나씩 현실로 바뀌고 있었다.

어느 날은 행사가 끝나고 편지 한 통을 받았다. 4장 분량의 긴 편지였다. 2년이 거의 다 되어가는 일이라 편지의 내용이 정확히 기억나지는 않지만, 그가 나에게 자신의 인생 얘기를 들려주었던 것을 기억한다. 과거의 그는 매우 힘든 시간을 보내고 있었고 결국 죽으려는 마음을 먹었다고 했다. 그런 시기에 우연히 유튜브에서 우리 채널을 발견했고 그날 밤을 새우며 우리 영상을 모조리 다 찾아봤다고, 그리고 마침내 살고 싶어졌다고 했다. 그러면서 우리에게 "살려줘서 고맙다."라는 말을 전했다. 조금 충격을 받았다. 내가 이런 말을 들을 만큼 대단한 일을 하고 있었나? 여성들을 위한다지만 결국 많은 부분은 나를 위한 것이었는데 내가 이 말을 들을 자격이 있는지 한참을 생각해야 했다. 여태껏 살아오면서 사람을 살리는 일은 의사 정도 되어야 할 수 있는 일인 줄 알고 살았는데 내가 정말 사람을 살렸을까? 한참을 내게 되물었고 종국에는 눈물도 찔끔 났다.

그날 이후, 건방지지만 계속해서 여자들을 살리고 싶다는 욕심이 생겼다. 내가 할 수 있는 선에서 최선을 다해.

제주도 토크 콘서트 QR코드

인생샷 없는 인생 여행

서

프랑스의 철학자 가브리엘 마르셀(Gabriel Marcel)은 인간을 '호모 비아토르(Homo Viator)'라고 말했다. 늘 무언가를 위해 움직이는, 여행하는 인간이라는 뜻이다. 놀이하는 인간인 '호모 루덴스(Homo Ludens)'를 넘어, 자신의 길을 따라 끊임없이 여행하는 사람들이 현대의 인간이라고 본 것이다. 삶의 즐거움을 얻기 위해서뿐만 아니라 삶의 지표를 얻기 위해 여행하는 사람들이 점점 더 늘고 있다. 특히 한국에서도 여행하는 사람들이 증가하면서 특정한 여행지와 사진을 찍는 방식도 유행했다. 실제로 여행지에서 사진을 찍기 위해 줄을 서서 기다리는 여행객들을 심심치 않게 보곤 했다. 그렇다면 이제 사진 찍는 사람, '호모 포토제닉(Homo Photogenic)'의 출현도 머지않은 것일까?

'인생샷' 유행이 시작되던 때를 기억한다. 인스타그램을 가득 채운 정방형의 사진, 그리고 '#인생샷' 해시태그는 삽시간에 여행자들을 포섭했다. 나도 예외는 아니었다. 여행지에서 동행인이 찍어주는 사진에 만족하지 못해 울상이 되기도 했고, 언제 다시 올지 모르는 이곳에서 인생샷 하나쯤은 남겨야 한다는 사명감이 들기도 했다.

사진이 뭐길래. 내가 여행지에서 다녀온 것을 추억으로 남긴다면 그것은 말 그대로 내가 그 장소에 있었다는 '인증샷'으로도 충분했을 텐데 나는 어느새 '인생샷'에 집착하고 있었다. 연속 촬영은 물론이고, 후 보정도 마다하지 않았다. 당시 사진을 찍고 나서 그 사진을 볼 때 첫 번째로 내 시야가 향하던 것은 도시의 인상이 아니었다. 내 다리, 얼굴 밝기, 표정, 각도, 손짓, 발끝. 모든 신체를 파편화하여 사진마다 점수를 매겼다. 그러면서도 무심히 찍은 척, SNS에 사진을 올렸다. 나 말고도 숱한 여성이 겪었을, 그리고 겪고 있을 이야기일 것이다.

그러나 하말넘많 채널 안에서 떠난 여행은 전혀 달랐다. 더이상 '꾸밈노동'을 하지 않겠다는 생의 다짐이 있고 난 뒤 나의 삶은 완전히 뒤집혔고, 여행도 마찬가지였다. 캐리어 대신 배낭, 원피스 대신 야구 모자, 고데기 대신 삼각대를 짊어진 채 떠난 3주간의 여행은 인생을 새롭게 시작하는 여행이라고 부를 수 있을 만큼 내 삶에 많은 변화를 일으켰다.

단순히 여행을 가는 것이 아니라 촬영을 겸한 여행이었기 때문에, 시시각각 카메라로 서로를 촬영했다. 만약 인생샷 대열에 참여하는 상태로 여행을 떠났다면 지금 내가 저 카메라에 어떻게 찍히고 있는지, 아침에 바른 파운데이션이 땀에 녹지는 않았는지 고민했을 것이다. 그러나 아무것도 신경 쓰지 않게 된 지금, 나에게 중요한 것은 오로지 아름다운 풍경을 감상하는 것. 그리고 그 속의 동행자를 잘 담아내는 것뿐이었다.

그렇게 '디폴트립'이라는 콘텐츠를 만들었다. '디폴트립'이라는 단어는 사회적 여성성을 더 이상 수행하지 않는 여성을 뜻하는 '디폴트 인(人)'에 'Trip'을 합성한 말이다. 디폴트(default value)라는 말은 기본값을 뜻한다. 즉, 사회가 정한 허구의 여성성을 벗어던진 디폴트 인의 여행을 뜻하는 단어다. 콘텐츠 안에서 우리는 완전히 자유로운 상태로, 여행지 속에 동화되어 있었다. 자다 일어나 까치집이 된 머리로 아침 식사를 준비하고, 눈밭을 굴러다니는 모습은 보는 이들에게 자유로움과 즐거움뿐만 아니라 해방감을 선사했다.

"우리도 디폴트립 가자."

콘텐츠를 만든 뒤, 이 단어와 함께 여행을 다니는 사람들이 생겨났다. 자의식 과잉일 수도 있겠으나 새로운 문화를 만든 것 같다는 생각이 들었다. 한 라디오에서는 이 단어를 소개하기도 했다. 당시 이 일을 알게 된 구독자들이 상표 등록을 하라며 거센 반응을 보였다. 의미를 왜곡시켜 전달했는데, 여성의 꾸밈 노동을 벗어던진 디폴트 인들의 여행이라는 말은 쏙 빼놓은 채 '자유롭게 여행 다니는 새로운 풍토'쯤으로 소개했기 때문이다. 그러나 상표 등록은 너무 과정이 복잡했고, 당시 다른 일을 처리하기에도 바빠 진행할 수 없었다.

그러나 상표가 없어도 디폴트립은 많은 이들에게 여행의 새로운 패러다임을 제시했다. '#디폴트립' 해시태그와 함께 여행을 떠나는 이들이 늘자, 자유로운 여행 일상이 담긴 사진들은 이전엔 없었던 해방감을 서로에게 전달했다.

"저 사람들도 카메라 들고 가서 실컷 찍어와놓고 사진 찍는 걸 비난하는 건 모순 아냐?" 디폴트립의 의미를 깎아내리고자 하는 사람들은 이렇게 말했다. 물론 우리도 영상을 찍는 것뿐만 아니라 각자의 휴대폰으로도 사진을 찍었다. 다만 사람들이 소위 말하는 인생샷을 건지기 위해 노력하지는 않았다. 그렇게 3주 동안 여행을 하고 나니, 지금까지도 각 여행지에서의 인상이 생생하다. 여행을 즐기는 방식은 사람마다 천차만별이며 어떤 것이 정답이라고 일반화할 수는 없지만, 지금껏 인생샷만을 위한 여행을 다녀왔던 것은 아닌지 돌아볼 만하다고 생각한다. 단순히 남들에게 보여주기 위해 시간과 돈, 노력을 들여 인생샷을 찍었다면, 그 사진은 누구를 위한 것일까.

돈을 들여 해외에 나가서까지 내 신체를 파편화하는 것. 에펠탑을 보는 것이 아니라 에펠탑을 등지고 앉아있는 내 허리의 굵기와 머리카락의 놓임새를 살펴보는 것. 모두 내가 나 자신에게 열심히 했던 일이다. 내가 에펠탑을 어떻게 바라보고 있는지, 그곳에서 무슨 감정을 느꼈는지, 20대 중반에 다녀온 두 달간의 유럽 여행의 기억이 흐릿하다. 인생샷을 찍고 싶어했던 여행지에서는 특히 그렇다. 도시의 모습이 기억나기보다는 파리의 센강 앞에서 찍었던 사진만 남아있을 뿐이다. 물론 그것을 실패한 여행이라고 부르고 싶지는 않다. 하지만 적어도 이제야 내가 진정한 여행을 하고 있다는 사실은 분명하게 깨달았다. 2019년이 되어서야 진정한 여행을 시작한 것이다.

디폴트립 영상 QR코드

뜻밖의 인생 공부

강

　　26살 여름, 처음으로 친구와 해외여행 계획을 세웠다. 자유 여행을 떠나자니 준비할 것들이 한두 가지가 아니었다. 항공권도 최저가로 골라야 했고 여행 예산, 일정부터 여행지에서 입을 옷까지 쇼핑하려면 시간이 빠듯했다. 그 중에서도 구청에 가서 여권 신청을 하는 것이 가장 먼저였다. 그때까지 외국에 나가본 일이 없었으므로 당연히 여권도 없었다. 신경 써서 시내 사진관에 나가 여권 사진을 찍고 오후 5시에나 구청에 도착했다. 구청의 업무 시간이 끝나기 한 시간 전이었다. 그래서 그런지 내부에 나같이 부랴부랴 나온 민원인들이 무척 많아 대기표를 뽑고 한참이나 기다려야 했다. 20분 넘게 기다린 다음에야 겨우 내 순서가 돌아왔다. 드디어 창구 직원의 얼굴이 보이고 반가움에 인사를 내뱉기도 전에 창구 직원이 내게 물었다. "단수 여권으로 하실 거예요? 복수 여권으로 하실 거예요?"

나는 직원의 말이 무슨 의미인지 이해하지 못해 한차례 되물어야 했고 다시 설명을 들었다. "일회용 여권이 있고 10년 사용하실 수 있는 여권이 있어요. 어떤 것으로 하시겠어요?"

여권에 종류가 있는지 몰랐던 나는 잠시 창구 앞에서 얼을 탔다. 아무래도 생각할 시간이 조금 필요할 것 같아 다시 오겠다는 말을 남기고 뒤로 돌아가 다시 대기표를 뽑았다. 그리고 휴대폰으로 '여권 종류'를 검색했다. 단수 여권은 말 그대로 인천 공항에서 출입국이 한 번씩 가능한 일회용 여권이었고 복수 여권은 10년간 일정 횟수만큼 사용할 수 있는 여권이었다. 당연히 비용에 차이가 있었다. 단수 여권은 발급에 2만 원 정도였고 복수 여권은 5만 원 이상이었다. 설명은 간단했지만, 머리는 오히려 복잡해졌다. 다른 것보다 3만 원 남짓의 비용 차이가 나를 큰 고민에 빠트렸다. 지금의 내게 3만 원이면 배달 한 번에 뚝딱 써버릴 수 있는 돈이지만 그때는 상황이 달랐다. 당시 나는 6개월 정도를 벌이 없이 모부님 댁에서 먹고 자며 빌붙어 사는 백수였고 여행 비용을 제외하면 수중에 돈이 남아 있을 리 만무했다. 3만 원이면 생활비로 일주일은 거뜬히 버틸 만한 돈이었기에 치열하게 고민해야 했다. 그러나 구청 업무 시간은 30분밖에 남지 않아 길게 고민할 수 없었다. 짧은 시간 동안 내가 내린 결론은 단수 여권이었다.

아무리 당시 내가 가진 돈이 없었다고는 하지만 그때의 고민은 요즘 말로 '밸붕'이었다. 밸런스 붕괴. 비교할 가치가 없는 선택지. 정말 특별한 이유가 있지 않은 이상 누가 고작 3만 원 때문에 일회용 단수 여권을 신청할까. 경제적으로 따지자면 오히려 반대편의 선택지가 훨씬 이득이었다. 그때의 내 선택을 이해하기 위해서는 20분 남짓 내 머릿속을 스쳤던 생각들을 나열해 볼 필요가 있다. 나는 어려서부터 집안 사정이 그리 넉넉하지 않았으니 무슨 일을 시작하더라도 예산을 적게 들이길 선호하는 성향이다. 그 성향은 이렇게 상황이 급할 때마다 불쑥 튀어나와 '내가 무슨 돈이 있어서 해외여행을 계속 다니겠어? 해외여행은 한 번이면 충분해.'와 같은 말을 속삭인다. '단수 여권으로 만족하자.'

그러나 내 생각과 달리 나는 여행을 무척이나 좋아하는 사람이었다. 여행 첫날에 바로 단수 여권을 선택한 것을 후회해버렸을 정도로. 얼마 전 들렀던 점집에서도 내게 여행을 좋아할 것이라고 말한 것을 보면 사주에 여행이 있을 만큼 좋아했다. 당시 여행 일정은 라오스에서 버스를 타고 국경을 넘어 태국까지 가는 루트였다. 내 기억이 정확하다면 두 나라의 국경 지역에서 버스를 타고 가다가 중간에 잠깐 내려 간단한 여권 심사를 하고 태국으로 입국한 후 다시 버스에 올라타 도착지까지 가면 되는 절차였다. 물론 내 단수 여권은 인천 공항 기준 출입국 각 1회였지만 혹시나 국경을 넘을 때 문제가 생겨 태국으로 넘어가지 못하는 건 아닌지, 이번을 넘기더라도 인천으로 입국할 때 문제가 생기지는 않을지 긴장해야 했다. 그러니 여행 중반부터 마무리까지 여권 때문에 계속해서 불안에 떨며 보냈다.

이후 여행에서 돌아와 새로운 여권을 만들었지만, 지금까지도 그 단수 여권은 고향 집 서랍 속에 간직해두었다. 왜인지 그 바보 같은 여권이 내가 앞으로 살아갈 날에 많은 귀감이 될 것 같은 예감이 들었다. '경험해보기 전에는 알 수 없다.' 평생 들어온, 누구나 알고 있는 이 문장이 마치 처음 듣는 말처럼 완전히 다르게 느껴졌다.

한편으로는 내가 가진 금전적 상황이 지금껏 나의 가능성을 얼마나 축소해왔는지에 대해서 깊은 고민을 해야 했다. 단순히 여행뿐만이 아니라 내가 어떤 의사 결정을 할 때마다 얼마나 많은 것을 내 통장 잔고가 결정해왔을까 하는 의문이었다. 앞서 말한, 적은 예산을 들이길 선호하는 나의 성향은 늘 어떤 상황 앞에 돈과 경험의 가치를 저울질하게 했다. 나름대로 합리적이라고 생각하며 내렸던 결정들도 결국은 그때그때 내 경제적 상황에 따라 결정되지는 않았을지. 멀리 보지 못하고 당장 눈앞의 일시적 보상에 많은 것을 소비해버린 내 지나간 시간에게 미안한 마음이 든다. 그래서 어렵더라도 내 미래를 위해 조금씩 비상금을 만들어 두기 시작했다. 돈 몇 푼 때문에 큰 가치를 포기하지 않기 위해서.

돈을 쓰러 간 여행이었지만 역설적으로 돈을 모으게 해준 3만 원짜리 인생 수업. 더 늦기 전에 내게 기회와 경험의 문을 열어준 단수 여권에 감사를 보낸다.

하고 싶은 말은 그냥 만들어지지 않는다

서

세상에 영원한 것은 없다. '죽음'에 대해 진지하게 고민하거나 그것을 성찰하며 사는 타입은 아니지만, '인간의 삶은 죽음을 향해 달려가는 것'이라는 말에 동의하는 편이다. 영생이란 없기 때문이다. 생의 끝에 무엇이 있는지는 알 수 없지만, 적어도 그것이 영원히 지속되지 않는다는 것 정도는 알고 있어 다행이라고 생각한다. 아무것도 모른 채로 살아가다 갑자기 죽음을 맞닥뜨리면 너무 억울할 테니까. 가전제품은 개봉하는 순간 중고 제품이 되고, 아무리 깨끗하게 거주한 집이라고 해도 벽지와 화장실의 타일에 세월의 흔적이 남기 마련이다. 그렇다고 해서 그 벽지와 타일의 본질이 변하는 것은 아니지만, 우리는 모든 물체의 변화를 실시간으로 목격하고 있다. 지금 내가 이 글을 쓰고 있는 동안 노트북의 수명이 또 하루 닳은 것처럼 말이다.

당연하게도 유튜브 하말넘많 채널 역시 숱한 변화가 생길 수밖에 없는 지점이 있었다. 첫 번째는 콘텐츠를 인스타 툰으로 그리다가 유튜브 영상으로 제작하게 된 것이었다. 이후에 유튜브 콘텐츠의 질감 역시 끊임없이 변했다. 지금부터 할 이야기는 2018년 하반기부터 약 2년간 우리가 어떻게 콘텐츠를 만들어냈는지에 대한 내용이다. 대한민국 남자들이 약 2년간 다녀온 군대 일화를 평생 이야기하듯, 나 역시도 하말넘많이 지난 2년간 어떤 콘텐츠를 어떻게 올렸는지 무용담처럼 이야기해 보려고 한다.

지난 2년을 한 단어로 요약하자면 '치열함'이다. 이 기간은 내 인생에서 가장 치열했던 순간이었고, 이토록 집요하게 치열한 순간이 또 오지 않을 수도 있다고 감히 생각한다. 깨어있는 모든 시간이 온통 콘텐츠로 뒤덮여 있었다. 아침에 눈을 떠 작업실에 향한 뒤 온종일 편집을 하고, 그날 편집한 영상본을 뽑은 뒤 비공개로 올려놓고, 집에 돌아와 자기 전 그것을 확인한 뒤,

수정 사항을 메모해놓고, 생각났던 콘텐츠 주제나 아이디어를 메모장에 정리한 뒤, 자기 직전까지 댓글을 확인하다가 잠들었다. (한때는 새벽 네 시마다 깨서 댓글 창을 확인했다.) 잠에서 깨면 가장 먼저 댓글을 검토하고, 메일을 확인하고, 작업실로 출근하고, 다시 반복, 반복. 그 사이에 콘텐츠 회의, 촬영, 외부 행사, 자체 행사(많은 확률로 지방이었다.), 자체 행사를 열기 위한 사전 밑작업(대관, 모집, 스케줄 정리 등), 협업이 있을 경우 대외적인 연락, 스케줄 정리, 미팅, 다시 촬영을 위한 작업들, 반복, 반복. 이 모든 일은 나와 강민지, 단 두 명의 손에서 이루어졌다.

하루가 모자랐다. '워라밸'은 집어치운 스케줄이 일 년 넘게 이어졌다. 가장 친한 친구와 일을 했기 때문일지도 모르겠지만, 2019년은 친구들과 만난 적이 거의 없었다고 해도 무방하다. 오로지 채널의 성장만이 인생의 전부였다. 다른 생각을 할 겨를이 없었다. 이렇게 일하다 번아웃이 오면 어떻게 하느냐, 어떻게 이런 확신을 가지고 일을 할 수 있느냐고 묻는 댓글을 보고 의아할 정도였다. 번아웃이 왜 오지? 이토록 확고한 신념을 가진 우리가, 이렇게 양질의 콘텐츠를 만들어 세상에 내보이고 있는데 의심의 여지가 어디 있단 말인가? 뭇 사람의 걱정과 우려는 나의 것이 아니었다. 오히려 그런 질문을 받는 것 자체가 힘 빠지는 일이었다.

다만 숨이 가빴던 것은 사실이다. 우리가 다루는 주제는 누구나 가볍게 소비할 수 있는 것은 아니었다. 주제 선정부터 촬영 준비, 그리고 촬영 후 편집 과정까지 숱한 검열과 검증이 필요했다. 우리가 하는 말을 뒷받침할 수 있는 기사와 논문을 찾는 데 긴 시간을 할애했다. 여성들이 처한 문제는 여성의 개인적인 경험으로 축소되는 경우가 많기 때문이었다. '네가 운이 안 좋았던 것은 아닐까? 억지 비약이다. 여자들은 원래 그런 건데 예민하다.'와 같은 맹점을 피하고자 수많은 시간을 고민하고 고뇌했다. 논리와 근거가 충분한지 검토하는 일은 업로드 직전까지 이루어졌고, 극도로 예민한 주제를 올리는 날에는 잠이 오지 않았다. 콘텐츠가 공개되기 전에는 걱정스러운 마음에 밥도 잘 넘기지 못하곤 했다. 그때부터 바탕화면 하단 바로 가기의 가장 잘 보이는 곳에 항상 메모장 아이콘을 두었다. 수시로 선(先) 피드백을 했고 영상의 더 보기란, 고정 댓글에 우리의 의견이 오해되어 읽히지 않게 장문의 글을 썼기 때문이었다.

콘텐츠 한 편을 만드는 데 걸리는 시간은 대략 2주, 길게는 한 달이었다. 그 시간 내내 영상 한 개를 만들었다는 게 아니라, 병렬적으로 진행되는 영상 제작 스케줄 안에서 촬영 준비부터 사후 처리까지 보통 한 달이라는 시간이 소요됐다는 뜻이다. 촬영 전에도 충분한 준비를 하지만, 편집하며 자막을 쓰는 과정에서는 필수적으로 전체 내용에 대한 검토를 해야만 했다. 주장을 뒷받침할 수 있는 확실한 근거와 팩트를 위한 리서치, 그것들을 적합한 곳에 나열, 이것을 무한으로 반복하는 일이었다. 일각에서는 실시간 이슈를 따라가지 못하는 것에 대한 아쉬움을 토로했다. 그런 말을 들을 때는 짐짓 억울하기도 했다. 너무나 첨예한 이슈에 대해서는 우리를 방어해줄 그 어떤 장치도 없었기에 제작할 수 없었다. 몰려오는 '어그로'를 누가 감당해줄 것인가? 어쩔 수 없는 노릇이었다.

그러면서도 우리가 만드는 영상에 '재미'라는 요소가 있는지를 중요하게 살폈다. 삶을 살아가는 데 재미와 즐거움을 적극적으로 누리려는 것이 인간의 본성임을 잘 알고 있기 때문이었다. 특히나 우리가 활동하는 유튜브 플랫폼은 그 어느 곳보다 재미를 위해 존재한다고 생각했다. 당연한 얘기였다. 나만 해도 유튜브에서 머리 아픈 주제는 보고 싶지 않으니까. 애석하게도 우리가 그에 맞지 않는 주제로 영상을 제작했을 뿐. 그러나 우리의 파이를 넓히는 것은 당연한 미션이었으니, 무거운 얼굴에 그렇지 않아 보이는 옷을 입기 위해 재미를 전면에 내세웠다. 물론 그렇지 않은 영상들도 더러 있었으나, 강민지가 기본적으로 내뿜는 특유의 똘끼(?)와 우리가 주고받는 이야기에서 풍기는 에너지는 충분히 재미의 요소에 부합했다.

무용담이라는 단어에서 알 수 있듯, 이는 지난 2년간의 이야기다. 일련의 풍파와 특정한 변곡점을 지난 지금은 그때만큼 온 힘을 다해 대포를 쏘지는 않는다. 더 솔직하게 이야기해 보자면, '어떻게 이런 말을, 이런 콘텐츠를 낼 수가 있었지?'라고 생각할 만큼 당시의 우리가 대단해 보이기도 한다. 그러나 세상에 여성들을 위한 더 많은 선택지가 있음을, 이런 삶도 있음을 알려줄 수 있도록 다양한 콘텐츠를 제작하고자 하는 의도는 변하지 않았다.

다만 모든 것은 변한다는 말처럼, 처음부터 원래 그런 것은 없다고 적고 싶다. 머리카락 길이에 따라 여성의 본질이 변하

는 것은 아니며, 결혼하지 않는다고 해서 여성의 삶이 고꾸라
지지는 않는다. 25살이 넘는다고 여성으로 사는 삶이 꺾이는
것도 당연히 아니다. "여자는 원래 그런 거야."라고 정해진 원칙
따위는 없다는 것을, 앞으로도 이야기할 수 있었으면 한다.

"태어날 때부터 쭉쭉 빵빵 8등신~ 이러면서 태어났다? 어불
성설이죠." - 강민지

밥 청년의 식단 일기

（강）

　　서솔과 나는 대부분의 끼니를 작업실에서 해결한다. 우리가 작업실을 구하기 전에는 보통 둘 다 집에서 작업을 지속했다. 하말넘많을 시작하기 이전에도 둘 다 프리랜서였기 때문에 우리는 생활 패턴이 꽤 유사했다. 느지막이 오후 2시쯤 일어나 식빵이나 시리얼같이 간단하고 허술한 것들로 배를 채우고 바로 책상에 앉아 작업을 하거나 아니면 노트북을 들고 나가 집 앞 카페에서 작업을 한다. 서너 시간 작업하고 다시 집에 들어와 대충 저녁을 먹고 다시 새벽 2~3시까지 작업을 한다. 높은 확률로 야식까지 먹고 잠을 청했으니 건강을 해치기 딱 좋은 패턴으로 살아왔다. 이런 생활 방식은 디폴트립을 떠나기 전까지도 계속 유지됐다. 출국하는 비행기편을 오전 9시로 예매해두었는데, 늘 새벽 늦게 잠들던 우리는 아침 일찍 일어날 자신이 없어 밤을 꼬박 새우고 공항에 가야 했다.

그즈음 우리는 작업실의 필요성을 절실히 느끼고 있었다. 당시는 2018년에서 2019년으로 넘어가던 때로, 채널을 운영한 지 6~7개월을 넘기며 빠르게 성장하던 때였다. 작업량은 많은데 작업실이 따로 없으니 촬영장을 렌트하면 뽕을 뽑으려 5~7편씩 한꺼번에 몰아서 촬영했다. 무거운 촬영 장비를 어깨에 짊어지고 다녀야 했기 때문에 스튜디오에 갈 때부터 엄청난 에너지를 소모했다. 그 상태에서 내리 6~7시간을 촬영하고, 촬영이 끝날 때쯤엔 녹초가 되어버렸다. 막판에는 감겨오는 눈을 억지로 붙잡고 촬영하다 보니 화면에 찍힌 우리의 몰골이 너무 처참해서 애써 촬영한 영상을 폐기한 적도 있었다. 그렇게 촬영을 하고 각자 찢어져 후반 작업을 시작하면 그때부터 다시금 피곤해졌다. 말 한마디면 수정하고 끝날 수 있는 일인데 영상 하나를 가지고 이리 올리고 저리 올리고 다시 수정하고 난리를 쳤다. 일에 있어 효율을 기대하기 어려운 시스템이었다.

불편한 점이 많았지만, 고정 수입이 없었던 우리가 마음만으로 덥석 작업실을 구해 월세를 충당하기는 부담스러웠다. 굴뚝 같은 마음만 가지고 있을 때 우리의 고민을 해결해준 건 의외로 다른 이였다. 우리가 디폴트립을 떠나있을 때 대학 시절 함께 친했던 친구 한 명이 작업실을 구하고 있다는 이야기를 전해온 것이다. 둘이서는 부담스러웠던 월세가 세 명이 되니 말이 달라졌다. 우리는 친구에게 러브콜을 보냈고 결국 우리 셋은 함께 작업실을 구하게 되었다. 쇠뿔도 단김에 빼라고 입국한 지 3일 차에 우리 셋의 중간 거리에 있는 동네의 부동산에서 만나 그날 바로 계약을 했다.

보증금 300만 원에 월세 50만 원. 관리비 없음. 셋 다 마땅히 벌이가 없기는 마찬가지라 우리가 가진 돈으로 어느 정도 마음에 드는 크기의 작업실을 구하니 그야말로 깡통 사무실이었다. 한 층이 다 같이 쓰는 변기 하나 덜렁 있는 화장실에 사람 하나 굴러도 이상할 것 하나 없는 아찔한 각도의 계단, 간단히 손을 씻을 수 있는 세면대는커녕, 뜨거운 물도 사치인 을지로의 오래되고 낡은 건물. 그곳이 우리의 첫 작업실이었다. 계약하기 전 건물주에게 제발 싱크대 하나만 달아달라고 사정했던 것은 두고두고 잘한 일이라며 서로를 칭찬했다. 지저분한 변기 옆에 쪼그려 앉아 양치하는 일은 상상만으로도 싫었으니까. 그 렇게 만족스럽게 계약을 하고 부동산에서 나와 우리의 작업실 이 될 건물 앞을 한 번 더 구경하기로 했다. 그때 뒤늦게 알아 챈 사실은 이 근처에 마땅한 식당은 물론이고 마트도 하나 없 다는 것이었다.

작업실을 구하고 처음 6개월은 걸어서 10~15분 거리의 옆 동네 식당으로 원정을 다니기도 하고 근처 구청 구내식당의 식 권을 사 수많은 구청 직원들과 민원인들을 뚫고 중식을 먹기도 했다. 저녁에는 자주 배달을 시켜먹었다. 매 끼니를 밖에서 사 먹거나 배달을 시켜 먹으니 식비도 물론 많이 들었지만, 무엇보 다 시간이 너무 아까웠다. 밥 한 끼 먹는 데 1시간 반 가까이 쓰다 보니 사실상 작업실에서 작업할 수 있는 시간이 그리 길 지 않았다.

그래도 봄까지는 참을 만했다. 문제는 여름이었다. 우리의 깡 통 작업실에는 에어컨은커녕 멀쩡한 냉장고도 하나 없었다. 열 을 내뿜는 노트북을 끌어안고 선풍기 세 대와 편의점 얼음 컵 으로 무더운 여름을 나고 있었다. 출근할 때 얼음 컵을 하나씩

사와 캡슐 머신으로 커피를 내려 마시고 그마저도 점심이 지나면 얼음이 모두 녹아 누구 하나는 다시 편의점을 다녀와야 했다. 결국 참다 참다 여름이 다 지나고 9월이 되어서야 큰맘 먹고 냉장고를 샀다. 그때 작업실의 유행어가 하나 생겼다. '어차피 살 거면 빨리 사자.'

냉장고의 등장 이후 내 일상의 가장 중요한 고민은 '오늘 점심은 뭐 해 먹지?'와 '그럼 저녁에는 뭐 해 먹지?'가 되었다. 저녁에 인터넷으로 장을 본 뒤 퇴근했고, 출근해서는 냉장고에 식재료를 정리하는 것이 우리의 첫 일과가 되었다. 인터넷에 우리의 밥상을 기록하기 시작했다. 일단 인스타그램에 계정(@zakbap_heavytalker)을 만들었다. 사진을 찍어 올리는 것이 익숙하지는 않았지만, 자주 업로드하지는 못하더라도 꾸준히 우리의 식단을 공유했다. 그리고 '냉파(냉장고 파먹기)'라는 이름으로 우리가 밥을 만들어 먹는 영상을 유튜브에 올리기 시작했다. 냉파 영상은 2019년부터 2년간 꾸준히 올라온 거의 유일한 시리즈가 되었다.

서술과 농담으로 우리는 먹방 유튜버라고 이야기를 하긴 하

지만 유튜브에 올라오는 다른 먹방 영상들과 우리의 냉파 영상
은 차이가 있다. 확실히 먹방에는 유행이 있다. 떡볶이, 탕후루,
중국 당면 등 지금 당장이라도 유행을 거쳐간 음식들을 줄줄
외울 수 있을 정도로 유행이 시작되면 유튜브에 우후죽순 관
련 영상이 쏟아진다. 영상을 굳이 클릭해보지 않아도 썸네일의
이미지가 무의식중에 각인이 되어 파블로프의 개처럼 해당 음
식 사진을 보면 '먹고 싶다.'라는 생각이 든다. 나는 당뇨가 가
족력인 사람이라 괜한 오지랖에 먹방 유튜버들의 건강은 괜찮
을지 종종 서솔과 토론하기도 한다. 그런 영상들에 비하면 우
리의 식탁은 참 평범하다. 반찬 없을 때는 주로 냉동실에 얼려
놓은 마늘을 꺼내 알리오 올리오를 만들어 먹고, 쌀밥이 끌리
는 날에는 정육점에서 돼지 뒷다리 반 근을 사와 김치찌개를
끓여 먹는다. 입맛이 없는 여름에는 엄마가 고향에서 보내주는
야채들을 길쭉하게 썰어 팔도비빔면 소스에 쫄면을 비벼 먹고
겨울에는 어묵 모듬을 사와 우동 사리와 함께 끓여 먹는다. 특
별할 것 없는 기본 재료들을 냉장고에 채워 두고, 있는 것들로
적당히 먹을 만하게 요리를 한다. 상을 양껏 차리지도 않는다.
워낙 손이 커 양 조절에 실패하는 날이 종종 있긴 하지만 대체
로 딱 2인분씩 요리해 먹는다. 애초에 특별할 때 먹는 '특식'이

아니라 '평범한 우리의 한 끼'를 기록하는 데 의미를 두고 이 영상 시리즈를 만들었으니 다른 유튜버들의 먹방 영상과는 조금 다를 수밖에 없다.

　그렇지만 조금 바빠지면 식생활에서 가장 먼저 게을러졌다. 균형 잡힌 식사의 중요성을 모르지 않지만 때로는 밥보다 잠이, 시간이 귀했다. 그럴 때는 밥보다 라면을 찾는 횟수가 더 많아지고 매일같이 배달을 시켜 자극적인 음식을 먹게 되었다. 그러다 보니 다른 사업을 준비하느라 한창 바빴던 작년 여름은 항상 속이 더부룩한 상태에서 젓가락을 내려놨다. 식사가 엉망인 데다 몸이 피곤한 것까지 합쳐지니 고개를 잠깐 숙일 때마다 구역질이 차올랐다. 그런 적이 없던 자리에 뾰루지가 나기도 했고 잠을 자도 항상 피곤한 상태가 계속되었다.

　몸이 괜찮아지기 시작한 것은 그로부터 몇 달 후 작업실을 옮기고 나서부터였다. 주방 공간이 있는 곳에 새로운 둥지를 틀었다. 작업실 근처에 마트가 많아 신이 난 나머지 매일 출근하면서 간단한 재료들을 사서 그때그때 식사를 만들어 먹기 시작했다. 덕분에 보기 싫게 빠져있던 살이 다시 차올랐고 체력도 조금씩 살아났다. 병원에 다니거나 영양제를 먹은 것도 아니고 밥 조금 잘 챙겨 먹기 시작한 것 정도로 몸에 바로 반응이 오니 놀라울 따름이었다.

　자연스럽게 내 밥상에 책임감이 들기 시작했다. 가계부를 꼬박꼬박 쓰면서 돈을 아끼는 것에는 예민하게 굴어도 건강을 아껴 쓰는 것에는 예민하지 못했다. 좋으나 싫으나 이 몸과 죽을 때까지 같이 살려면 지금부터라도 정신을 차려야 한다는 것을 깨달았다. 이제는 누가 챙겨주지 않아도 혼자 알아서 건강을 위해 내 식탁을 점검하고 가끔씩 특식도 즐기며 냉장고에 적당한 재료가 없어도 그때그때 손 뻗을 수 있도록 팬트리를 항상 채워두어야겠다. 대용량 재료들을 1인분씩 소분해 필요할 때 꺼내먹을 수 있도록 부지런해지고, 제철 과일이나 식재료도 놓치지 않고 챙겨 먹을 수 있도록 노력할 것이다.

냉장고 파먹기 영상 QR코드

못 먹어도 GO

서

대학을 졸업한 뒤 나의 20대를 되돌아보면 매년 다른 삶의 풍경이 펼쳐진다. 대학원에 잠시 발을 담갔다가, 모 회사의 인턴을 하다가, 난데없이 베트남을 종주하는가 하면 미디어 파사드(건물 외벽에 LED 조명을 비춰 영상을 표현하는 기법)를 배우더니 공연장에서 VJing(다양한 영상 소스들을 실시간으로 믹싱하는 기법)을 하고, 웹툰을 그리더니 유튜브를 하고, 이제는 옷을 만들며 칵테일까지 제조하고 있다. 어렸을 때 나의 아킬레스건은 단연코 '할 줄 아는 건 많은데 어느 것 하나 제대로 하는 게 없다.'였는데 커서도 똑같은 것 같다. 좋게 말하면 다양한 재능과 경험을 가진 인재이나, 나쁘게 말하면 일을 빨리 갈아치우는 참을성 없는 인간이 바로 나다.

이처럼 다양한 일을 하며 살아가고 있지만, 어떤 일을 하겠다고 '선택'하기까지의 과정은 예상 외로 정말 길다. 생각이 많은 편이라 이 일을 했을 때의 여러 가지 가능성을 한꺼번에 계산하며 득과 실을 따지는 편이다. 추진력이 좋은 것과는 별개인데, 함께 일하는 사람을 답답하게 할 만큼 길게 고민하기도 한다. "잠깐만 시간을 줘."라고 말한 뒤 멍때리는 시간도 필요하다. 그러나, 한번 일을 시작하면 뒤돌아보지 않고 강을 건넌다. 뛰어든 일의 미래와 성공할 가능성을 점치는 것은 한 수 미뤄두고, 하기로 한 데까지는 무조건 해보는 것이다. 실로 많은 것들이 이러한 '일단 해보자.'라는 프로세스로 진행되었다.

'어떻게 될지는 모르겠지만 일단 찍어보자, 그리고 올려보자.'

2018년 5월 1일 오후, 홍대에 있는 스튜디오에서도 똑같은 일이 벌어졌다. 영상을 전공한 우리들의 자존심을 상하게 할 법한 사진 스튜디오의 조명 아래에서 하말넘많의 첫 번째 촬영이 진행되었다. 지속광이 충분치 않아 얼굴에 플리커 현상(형광등의 어른거림과 같은 광도의 주기적 변화가 시각으로 느껴지는 것)이 일 만큼 열악한 촬영 현장이었다. 당시 우리는 공금 통장에 매달 10만 원, 20만 원씩을 모아 콘텐츠 제작비를 충당하고 있었으니 시간당 3만 원짜리 사진 스튜디오도 호사였다.

잘한 건지 못한 건지 구분조차 되지 않는 형태로 촬영을 마친 뒤, 역시 아무것도 모르겠다는 심정으로 편집을 해 유튜브에 올렸다. 무식하면 용감하다는 말이 이럴 때 쓰는 말인가 싶을 만큼 아무것도 아는 게 없었다. 촬영과 편집은 워낙 익숙한 일이었으니 하던 대로 영상을 만들어 일단 그냥 올려봤다. 이렇게 서술하니 무척이나 가망도, 야망도 없어 보이지만 있는 그대로 서술한 것이다. 잘되면 좋지만, 안되어도 그만인 시작이었다.

그렇다면 지금과 같은 성장이 단순한 운이었나? 되묻는다면, 그에 대한 대답은 'NO'이다. 가볍게 시작한 일이었지만 그 과정을 밟는 매 순간에는 최선을 다했다. 자막과 CG를 할 수 있는 한 정성스럽게 만들었고, 채널 인트로도 화려하게 제작했다. "처음 보는 유튜브인데 퀄리티가 너무 높아서 어떤 단체에서 제작한 영상인 줄 알았다."는 말을 들을 만큼 영상의 퀄리티를 높였고, 업로드 이후 일어날 반응까지 미리 생각해보려고 노력했다. 그러니까 되는대로 대충 영상을 만들었는데 운이 좋아서 뜬 건 아니라는 말이다. 가볍게 시작한 일이었지만 일을 대하는 자세는 절대 가볍지 않았다. 할 수 있는 최대한을 했다.

"어떤 일을 시작하려고 하는데 너무 두려워요. 이럴 때는 어떻게 하시나요?"와 같은 질문을 종종 받는다. 그런 말을 들을 때마다 우리가 하는 대답은 한결같이 "일단 해보세요."다. 한국 사회를 살아가는 여성은 보통 실패에 대한 압박과 두려움을 가지고 자랄 수밖에 없다는 것을 너무 잘 알고 있다. 나만 해도 누가 직접 심어준 압박이 아니었음에도 '내 인생에 재수는 없다.'라는 사명감으로 고등학교 시절 내내 수능 실패에 대한 두려움을 가득 안고 살아갔다. 성인이 된 이후에도 실패에 대한 두려움을 걷어내는 데 큰 힘을 쏟은 기억이 있다. 나 말고도 숱한 여성들이 그랬을 것을 알고 있기에, 일단 해보라는 말은 나를 비롯한 우리 모두에게 꼭 필요하다.

그리고서 덧붙여서 하는 말이 있다면 "열심히 해보세요."인데, 최선을 다하지 않은 실패의 경험들이 쌓이는 것을 경계하기 때문이다. 우리의 채널에 처음부터 대충 만들어진 영상이 전시되고 있었다면 우리가 여기까지 올 수 있었을까? 생각해보면 굉장히 쉬운 명제다. 운은 준비되지 않은 사람을 귀신같이 비켜간다고 생각한다.

인간의 삶에 다양한 경험이 축적되는 것은 분명한 축복이다. 다만 그 다양성에 열의 없는 실패를 누적해서는 안 된다. 최선을 다했으나 어쩔 수 없이 다가오는 실패와 입으로만 열심히 하겠다고 외치며 필연적으로 걷는 실패의 길은 전혀 다른 성장의 결과물을 내놓는다고 믿는다. 반복되는 실패에 익숙해지면 인간은 무력해지며 결국 새로운 일을 도모할 동력까지 잃어버린다.

연습 전 준비 운동을 하던 김연아 선수가 "무슨 생각을 하며 운동을 하느냐?"는 질문에 "무슨 생각을 해. 그냥 하는 거지." 라고 답하는 사진을 정말 좋아한다. 일단 하기로 마음먹었으면 해보자는 것. 그리고 열심히 해보자는 것. 앞으로 남은 긴 인생에서 이 단순한 문장을 놓치지 않는다면 어떤 새로운 일도 두려울 게 없을 것이다. 오히려 얼마나 더 새로운 일들이 기다리고 있을지, 예상하지 못한 가능성을 기대하는 요즘이다.

서류와의 전쟁

（강）

　　5만 원, 10만 원씩 푼돈을 모아 영상을 제작하던 시절이 있었다. 제작비를 아끼려고 우리 집이나 당시 함께하던 멤버의 집에서 번갈아 가며 촬영했다. 최대한 다른 장소로 보이고자 그 좁은 방에서 앵글을 이리저리 돌려가며 온갖 벽이란 벽은 다 활용했다. 그러다 채널의 수익이 조금씩 생기자 하루 4만 원짜리 에어비앤비를 빌려 촬영했다. 점점 상황이 나아지고는 있었지만, 너무 약진하는 것이 문제였다. 그때 우리가 가진 것이라고는 작고 소중한(이제는 낡은) 내 미러리스 카메라 한 대뿐이었기에 촬영할 때 좋은 카메라를 빌려 써보고 싶기도 하고, 인력이 적어 해보지 못했던 규모가 큰 콘텐츠도 사람들을 모아 제작해보고 싶었다. 머리가 조금씩 커갈수록 하고 싶은 것들도

점점 늘어갔지만, 제작비가 없어서 퀄리티 있는 영상을 만들어
내지 못한다는 것에 못내 자존심이 상했다. 그때부터 각종 지
원 사업을 알아보기 시작했다. 사실 국가사업에 지원서를 내는
것은 우리에게 꽤나 익숙한 일이었다. 나는 다큐멘터리 지원금
을 따내려 대학 때부터 서류를 써내던 사람이고 서솔은 어디든
서류를 내서 떨어지는 법이 거의 없었다.

가장 먼저 눈독 들였던 건 경기콘텐츠진흥원에서 주최하는
콘텐츠 지원 사업이었다. 지원금 천만 원을 오롯이 영상 제작
에 쏟아 넣을 수 있는 사업이었다. 각종 예술 재단에서 주최하
는 지원 사업은 많지만, 우리처럼 유튜브에서 영상을 제작하는
팀에게 딱 들어맞는 사업은 거의 없었기에 이건 흔치 않은 기
회였다. 콘텐츠 지원 사업답게 콘텐츠 기획안과 채널 소개서가
필요했다. 그때부터 우리의 고민이 시작되었다. '이거 어디까지
이야기할 수 있을까?'

시작부터 막혔다. '우리 채널이 여성 문제를 다루고 있다고
소개해도 서류 검토 과정에서 통과할 수 있을까?'와 같은 고민
에서부터 시작해 페미니즘을 페미니즘이라고 명시해도 될지

아니면 여성주의라고 해야 할지, 그것도 아니면 여성을 쏙 빼야 할지, 과연 우리가 어디까지 솔직해질 수 있을까에 대한 고민이었다. 괜한 걱정이 아니라 굉장히 현실적인 문제였다. 예전에 '전국비혼지도'에서 인터뷰를 진행했던 대전의 여성문화기획자 그룹《보슈》팀에서도 '여성주의 글쓰기 강연'이라는 타이틀에 "왜 남자를 배제하냐?"는 답이 돌아왔고 "그럼 페미니즘 글쓰기 강좌는 어떨까요?"라고 했더니 지원 사업에 선정될 수 있었다는 일화를 전해준 적 있다. 그만큼 여성주의 콘텐츠를 업으로 삼고 있는 이들에게는 굉장히 예민한 문제였다. 여성 재단이 주최하는 사업이 아니고서야 이름 앞에 '여성'을 붙였을 때 약이 되기보다는 그 반대의 경우일 때가 더 많았으므로 그냥 정체성을 '청년'에 두고 서류를 꾸며볼까? 잠깐 고민하기도 했다. 그렇지만 우리는 결국 '비혼 여성'을 키워드로 준비하기 시작했다. 적어도 우리에게 메일로 '탈페미'를 해야 살아남을 수 있을 것이라고 충고를 아끼지 않은 익명의 구독자에게만큼은 증명해보이고 싶었다. 당당히 우리 이름 앞에 여성을 붙이고도 나아갈 수 있음을.

무사히 서류에 합격하고 면접 일정이 나왔다. 15분의 시간

안에서 7분간 피칭하고 나머지 시간은 질의응답으로 채워질
예정이었다. 면접을 보러 경기도 부천시까지 가야 했는데 그때
까지 나는 경기 북부에 살고 있던 터라 전날에 서솔 집에서 함
께 합숙했다. 그때도 우리는 역할 분담이 확실했다. 내가 피칭
을 책임지고 서솔이 질의응답을 책임졌다. 나는 어떤 농담을
던지면 분위기를 우리 것으로 만들 수 있을지 고민했고 서솔
은 면접장에서 나올 수 있는 모든 질문에 대해 반박할 수 있는
답변 시트를 만들고 있었다. 면접장에는 30대로 보이는 여성
한 분과 50대 이상으로 보이는 남성, 30대 남성 이렇게 총 세
분이 계셨다. 7분 동안 비혼 여성을 위한 콘텐츠가 왜 필요한
지, 재단에서 돈을 들일 가치가 있는지, 우리가 얼마나 잘 해낼
수 있는지 간단하게 피칭을 마치고 질의응답시간이 돌아왔다.

"왜 굳이 비혼 여성'만'을 위한 콘텐츠를 만들어야 합니까?"

난이도 최하. 이미 서솔이 준비한 답변 시트에 있던 내용이었
다. 서솔은 빠르게 대답했다.

"피칭에서 말씀드렸듯 남성의 비혼 이야기는 공중파 프로그

램에서 비교적 자주 등장하지만 비혼 여성에 대한 프로그램은 거의 찾아볼 수 없습니다. 이처럼 차별화된 주제가 빠르게 변해가는 MCN(Multi Channel Network) 시장에서 더욱 주목받을 수 있다고 생각합니다. 더욱이 저희가 여성의 삶을 살고 있으므로 개인의 차별화된 경험이 채널의 진정성과 시청자들의 몰입도를 더욱 높여줄 것이라 기대합니다."

100% 솔직한 답변은 아니었지만, 우리가 할 수 있는 최선의 대답이었다. 답변이 궁금증을 충족시켜주었는지 후속 질문은 돌아오지 않았다. 그렇게 질의응답이 마무리되고 마지막으로 면접장을 나설 때쯤 면접관 중 한 분이 우리에게 "다음에 보자."라며 인사를 건넸다. 나는 "그랬으면 좋겠습니다."라고 인사를 하고 나와 최대한 침착하게 복도를 걸었다. 엘리베이터에 올라타 드디어 우리 둘만 남게 되자 몸에 갇혀있던 흥분이 튀어나와 엉덩이춤을 췄다. '다음에 보자는 건 붙여주겠다는 거 아니냐?'며 소리를 질렀다. 결국, 우리는 지원금을 손에 넣었다.

그때 기획되었던 것들이 우리가 2019년에 발행했던 지역 곳곳의 페미니스트를 찾아가 인터뷰를 진행한 '전국비혼지도' 시리즈와 연말 정산, 머니 로그 등 경제 전문가와 함께한 '당신의 가계부' 시리즈, 캠핑 시리즈 '텐트 하우스', 구독자를 대상으로 진행했던 오프라인 편집 클래스, 제주도 '디폴트립' 시리즈였다. 이전까지 우리가 가진 자본으로는 절대로 시도해볼 엄두도 내지 못했던 스케일의 콘텐츠들을 만들 수 있었다.

그 뒤로도 우리는 호시탐탐 기회를 노리며 마음에 드는 지원 사업을 찾아다녔다. 여성주의 콘텐츠를 제공하는 자체 플랫폼을 만들겠다며 사회적 기업가 육성 사업에도 도전해보고 난데없이 VR기술을 배워 360도로 촬영된 영상도 제작했다. 독립 출판을 해보겠다며 출판사에서 편집자로 일하는 친구를 꼬시기도 했고 무슨 복합 문화 공연을 만들겠다며 지자체가 따내는 규모의 제작 지원 사업에도 아무것도 모르고 기웃거렸다.

결과가 좋았던 것도 그렇지 못했던 것도 있었지만 우리가 지금 꿈꾸는 이 모든 것이 10년 뒤, 20년 뒤에는 어떤 형태로든 우리 눈앞에 나타날 것임을 안다. 복합 문화 공연을 꿈꾸던 우리는 2020년 결국 우리의 자본으로 공연과 전시가 융합된 복합 전시를 만들어 냈으니까.

전국구 맨땅 헤딩

(서)

페미니즘, 여행, 경제, 인터뷰 토크쇼, 예능, 영화 비평, ASMR 등 다양한 카테고리의 영상을 만들어 왔다. 결론부터 말하자면 유튜브 성공 법칙과는 완벽히 어긋나는 일이었다. 유튜브는 한 채널에 하나의 주제만 집중하여 제작하는 것을 권장한다. 먹방이면 먹방, 게임이면 게임, 경제면 경제인 식이다. 그러나 우리는 할 수 있는 모든 것을 조금씩 건드리는 방식으로 영상을 제작했다.

유튜브 이용자들은 보통 자신이 보고 싶은 채널을 골라 자신의 구독 피드에 쌓는다. TV 편성표를 보고 프로그램을 고르는 것처럼 자신의 입맛에 맞는 채널은 구독해 피드에 등장하게 하고, 아니면 마는 것이다. 그러나 우리가 취한 전략은 반대였다. 채널 성장의 조건에 부합하지 않는 것을 알면서도 하나의 방송국처럼 최대한 많은 주제를 담기 위해 노력했다. 여성주의를 담은 채널이 절대적으로 부족했기 때문이다. 심지어 한국은 서울 공화국이라고 불릴 정도로 모든 정보와 커뮤니티, 시설 등이 서울에 쏠려있는 만큼, 서울을 제외한 다른 지역의 페미니즘 이야기가 너무나 부족하다고 판단하여 지방의 페미니스트들을 만나 보는 '전국비혼지도'까지 만들었다.

'전국비혼지도' 콘텐츠는 우리의 입장에서 말 그대로 맨땅에 헤딩이었다. 진짜 방송국도 아닌 우리가 무턱대고 지방에 거주 중인 페미니스트들을 섭외하고, 그 지역에 방문해 촬영한 뒤 편집까지 해야 했다. 순수 이익으로만 따진다면 단 한 번도 손익분기점을 넘기지 못한 시리즈다. 지방까지 가는 비용, 출연하신 분들에게 지급해야 하는 출연료, 촬영 장비를 들고 갔다가 올라온 뒤 편집해야 하는 우리의 인건비까지 생각하면 마이너스도 이런 마이너스가 없다.

콘텐츠 기획은 자체적으로 진행한 토크 콘서트와 섭외된 오프라인 강연에서 시작됐다. 댓글에서만 만날 수 있었던 구독자분들을 현실에서 만났는데, 몇 번의 만남 끝에 가장 크게 남은 키워드는 다름 아닌 고립감과 무력감이었다. 나와 같은 뜻이 있는 여성주의자가 주변에 없다는 것이었다. 실제로 우리가 처음 서울에서 진행했던 토크 콘서트는 티켓 오픈 4분 만에 매진이 되었다. (당시 구독자는 3만 명 정도였고, 전혀 예상하지 못한 매진이었다.) 비슷한 이야기를 나눌 수 있는 사람을 만나기 위해 지방에서 오시는 분들도 있었다. 하말넘많의 이야기를 들으러 오신 분들도 많았지만, 조금이라도 '말이 통하는' 사람들을 만나기 위해 오는 분도 많았다.

한국 사회에 만연한 여성 차별을 깨닫고 페미니스트가 되는 과정을 소위 '빨간약을 먹었다, 각성했다'라고 한다. 2016년 이후 빨간약의 재료들은 많은 곳에서 넘실거렸다. 특히 한국은 온라인상에서 각성하는 여성이 많았다. 그러나 각성 이후의 선택지는 너무나 부족했다. 많은 정보가 인터넷 안에서 활자로만 존재하다가 사라져버렸고, 그 동력이 오프라인으로 이어지지 못했다. 사람들에게는 인터넷 댓글이 아니라, 여성 혐오를 걷어낸 채 대화를 할 수 있는 진짜 친구가 필요했다.

그래서 우리는 지방으로 토크 콘서트를 떠나기 시작했다. 그 현장을 기록하는 것을 넘어 그 지역의 페미니즘 이야기를 콘텐츠로 만들었다. '전국비혼지도'의 시작은 제주도였다. 제주도에 토크 콘서트를 하러 간 뒤 그 지역의 페미니스트분을 만나 제주도에 가득한 여성 혐오적 문화, 지역의 페미니즘 커뮤니티 이야기를 들었다. 첫 편이니만큼, '페미니스트로 살아가면서 어떻게 고립감을 해소할 수 있을지'에 대한 내용도 다뤘다.

콘텐츠의 반응은 좋았다. 그러나 한정적인 타깃을 대상으로 하는 콘텐츠인 만큼 더 이상의 유입을 불러오지도 않았고 수익적으로도 본전을 찾을 수 없었다. 그래도 했다. 제주도 다음 대구, 광주, 대전을 다니며 지역 사회와 관련된 페미니즘 이야기를 담았다. 대구에서는 야망을 불태우는 페미니즘 소모임 이야기를 들었다. 광주에서는 지방에 거주 중인 여성들에게 안정적인 수입을 보장받기 위해서는 공무원이 되어야 한다고 압박을 주는 이야기를, 대전에서는 비혼 여성에게 불리하게 짜여진 주거 정책에 관한 이야기를 들었다. 이런 이야기들이 콘텐츠를 보는 단 한 분에게라도 도움이 될 수 있다면 기꺼이 제작할 만하다고 생각했다.

여기까지가 전국을 돌아다니며 맨땅에 헤딩을 했던 이야기다. 앞으로도 우리는 우리가 가치 있다고 생각하는 문틈을 자유롭게 열었다, 닫았다 할 것으로 예상한다. 바라는 게 있다면 그 문틈 사이에서 우리가 발견하는 가치를 구독자분들도 함께 느꼈으면 하는 것이다. 유튜브에서 지양해야 하는 종합 선물 세트 채널이지만, 그 안에 마음에 드는 구석이 하나라도 있다면 부디 우리를 계속 잘 지켜봐 주셨으면 한다.

올 게 왔다

강

안정기에 접어든 것 같았던 우리 채널에 위기가 찾아
왔다.

'여성을 위한 미디어를 만듭니다.'

3년째 변하지 않는 우리 채널의 슬로건이다. 우리처럼 여성
주의 콘텐츠를 발행하는 채널에는 반드시 따라오는 것들이 있
다. 페미니즘이라고 했을 때 함께 떠오르는 일부 세력들, 굳이
내가 입에 담지 않아도 자연스럽게 떠올릴 수 있을 것이라 예
상한다. 시작부터 그들과 함께해왔다. 그들은 다양하게도 존재
감을 드러냈다. 유튜브 댓글로 SNS 다이렉트 메시지로, 일부

남초 사이트 박제로. 참 질긴 인연이었다.

"이렇게 하면 또 뭐라고 하겠지?"

무조건 반사에 가까운 문장이었다. 촬영 소스를 컷 편집하다가, 자막을 달다가, 섬네일을 만들다가, 영상 제목을 짓다가도 습관처럼 튀어나왔다. 지난 3년간 트집 잡히지 않으려 참 많이도 고민해왔다. 공격당하는 것이 일상이다 보니 영상 하나를 만들 때도 우리 안에서 엄청난 자기 검열을 거쳐야 했다. 논리를 뒷받침하기 위해 관련 책, 논문, 기사는 기본으로 섭렵해야 했고 말꼬리 잡히기가 싫어서 반문에 반문에 반문을 거쳐 겨우 한 가지 의견을 내놓을 수 있었다. 그래도 결국 "예외는 있다."라고 말을 맺어야 했다. 우리의 그런 노력이 있어서인지 사실 우리가 생각했던 것보다는 평화롭게 활동해왔다.

한편으로는 서솔과 내가 조금 담이 큰 편이기도 했다. 처음으로 채널에 심한 욕설이 섞인 악성 댓글이 달렸을 때는 박장대소하며 그 댓글을 캡처해 서로에게 보냈고 처음으로 남초 사이트에 얼굴이 박제되어 사이트 내에서 베스트 게시글이 되었을 때는 둘이 하이파이브를 했다. 우리 출세했다며.

우리가 안정기에 접어들었다고 생각한 그 시점에 방심하지 말라는 듯 일이 터졌다. 발단은 모 출판사에서 요청이 들어와 제작했던 도서 리뷰 영상이었다. 영국의 저널리스트이자 여성 운동가인 캐럴라인 크리아도 페레스(Caroline Criado Perez)가 저술한 젠더 데이터 공백에 대한 책《보이지 않는 여자들》로 여성 데이터의 공백이 어떻게 체계적으로 여성을 차별하고 배제하는지 데이터의 관점에서 쓰인 책이었다. 여성들이 데이터 작성 시 배제되어 사회적 표준이 대부분 남성이 되었기에 생기는 영향을 기술과 노동, 의료 등 여러 영역에 걸쳐 설명한다.

리뷰 영상을 올린 지 이틀째 되던 날, 별안간 악성 댓글이 쏟아지기 시작했다. 원래도 악성 댓글이야 매일 지우는 게 일상이었기에 내용이 놀라울 것은 없었지만 그 수가 어마어마했다. 몇 시간 만에 댓글 창이 마비되었다. 도대체 이 많은 사람이 어디서 유입이 되었는지 궁금해 추적해보니 한 사이트에 우리의 영상을 악의적으로 캡처해 올린 게시글이 온갖 남초 사이트로 퍼 날라졌고 게시글의 영상 링크를 타고 사이트 회원들이 넘어

와 채널을 마비시켜버린 것이었다. 하는 수 없이 새로운 댓글이
더는 달리지 않도록 조치를 해두고 잠잠해지길 기다렸다.

그러나 조용해지기는커녕 누군가 휘발유를 들이붓고 갔다.
한 남성이 운영하는 유튜브 채널에서 우리를 저격하는 영상을
올린 것이다. 가면이나 선글라스를 끼고 익명에 기대 활동하는
이슈 채널의 영상이 다 그렇듯 내용은 특별할 것이 없었으나
효과는 대단했다. 악성 댓글뿐만 아니라 싫어요와 신고 수가
엄청나게 누적되고 있었다. 그것들이 혹시나 채널에 좋지 않은
영향을 끼쳐 유튜브 차원에서 우리 채널을 삭제시켜버리는 일
이 생기는 건 아닌지 걱정이 되기 시작했다. 그러는 와중에 기
존의 다른 영상들까지 악성 댓글로 뒤덮여가고 있었다. 길게
고민할 시간이 없었다. 일단 유튜브에서 채널이 보이지 않도록
숨김 처리를 했다.

채널을 처음 비공개시켰던 8월 초부터 그 해가 다 지날 때까
지도 우리는 제대로 영상을 올릴 수 없었다. 채널과 영상을 비
공개시켜두어도 악의적 게시글은 점점 더 많은 사이트로 퍼져
나갔다. 나중에는 해외 사이트까지 퍼져나가 생전 처음 영어로

작성된 악성 댓글 세례까지 받아야 했다. 8월 말 계약이 걸려 있는 영상이 있어 업로드를 위해 잠시 채널을 공개로 전환했을 때도 또다시 댓글 테러가 있었고 우리는 자연스레 복귀가 쉽지 않을 것을 예감했다.

그사이 많은 일이 있었다. 2년간 모아온 수백 장의 악성 댓글 PDF를 모두 프린트해 경찰서에 방문하기도 했고 변호사 상담을 다녀오기도 했다. 도움을 받을 수 있는 모든 이에게 연락을 돌려도 보고 서솔과 둘이 붙잡고 펑펑 울어보기도 했다. 해결할 수도 없는 일을 어떻게든 해결해보려고 안간힘을 썼다. 조금 더 시간이 흐르고 나서야 알게 된 것은 무엇보다 먼저 우리가 괜찮은지 확인을 했어야 했다는 것이다. 사실은 조금 쉬고 싶었다.

휴식이 필요해

(서)

비행기가 통째로 덜컥 내려앉았다. 순간 몸이 의자에서 붕 떴다.

깍!

찰나의 무중력이 만들어낸 비명이 귓가에 스쳤다. 죽음을 생각하는 비명은 놀이동산에서 듣는 비명과는 확실히 달랐다. 순간의 공포와 불안감 그리고 털털거리는 날개의 소리, 안전띠를 착용하라는 기내 방송까지. 이 모든 것이 공기에 가득 찼다. 나 역시 비명을 질렀던가? 기억이 잘 나지 않는다. 미처 비명을 지르지 못해 입만 '아-' 하는 모양으로 벌렸던 것 같다. 자연의

섭리를 거스른 채 하늘을 날고자 한 인간의 욕망이 시험에 들 듯, 난기류 사이를 통과하는 비행기는 끊임없이 흔들렸다. 여기가 끝이면 안 되는데, 아직 할 일이 많은데. 자동차 교통사고보다 비행기 추락 사고의 확률이 낮다는 사실은 익히 알고 있었지만, 무중력은 끝없는 불안감을 만들어 냈다. 밀랍과 깃털로 만들어진 날개를 달고 추락한 이카로스의 환영을 보았다.

원래 여자들은 그렇지 않다고, 정해져 있는 건 없다고. 세상에 암묵적인 법칙으로 만들어진 '당연한 것'들에 대해 반기를 들기 시작하자 많은 곳에서 공격을 받았다. 어떤 때는 그 반격이 너무나 커 쉬이 감당되지 않았다. 만들어진 콘텐츠의 캡처본은 끝없는 난기류에 갇혀 이름도 모르는 인터넷 커뮤니티를 떠돌았다. 물론 우리의 의견에 공감하고 응원을 보내는 사람들도 많았다. 그러나 아주 오랜 시간에 걸쳐 만들어진 여성 혐오적인 중력을 바로 잡기엔 역부족이었다. 우리의 콘텐츠 몇 개로 당장 세상이 뒤바뀔 것이라는 허무맹랑한 믿음을 가진 적은 단 한 번도 없었지만, 그 중력을 거스를 때 필요한 충분한 힘도 우리에겐 없었다. 밀랍으로 붙여진 날개는 너무나 가여운 것이라 태양에 조금만 가까워져도 녹아버리곤 했다.

'공황장애 증상'을 네이버에 검색해 보기 시작했다. 그 증상은 '곧 무슨 일이 생길 것 같은 아주 심한 불안 상태'로서 갑작스럽게 밀려드는 극심한 공포, 곧 죽지 않을까 하는 강렬한 불안인 공황 발작이 반복적으로 경험된다고 검색됐다. 그래? 나는 이 정도는 아닌데. 순간의 불안함이 찾아오곤 하지만 이 정도는 아니었다. TV에 나오는 연예인들이 너도나도 '공황장애'를 겪었다고 진술하는 바람에 내가 나를 너무 호도한 게 아닐까 반성하며, 날개에 다시 밀랍을 붙이던 5월의 어느 날이었다. 불쑥 첫 번째 휴식이 찾아왔다.

작업실에서 평화롭게 점심을 먹던 도중 눈물을 터뜨렸다. 안 좋은 기억은 빨리 잊어버리는 사람이라 그때의 기억이 잘 나지 않는데, 확실한 건 그 무렵 나는 상당히 지쳐있었다는 것이다. 지하철에 앉아서 남몰래 눈물을 흘리는가 하면 잠들기 전 울고 싶은 마음에 일부러 슬픔이 짙은 노래 위에 눕곤 했다. 그러나 몰래 누리는 슬픔은 오래가지 않았다. 다른 사람에게 들키지 않게 우울함을 구름처럼 몰고 다니다 한계점에 다다르자 막을 새도 없이 눈물샘이 터져 버렸다. 남 앞에서 눈물을 흘리는 걸 극도로 싫어하는 성향의 사람이라, 나조차도 너무 당황스러웠다. 일말의 언질도 없이 최근에 내가 처해있던 상황을 모두 쏟아내기 시작했다. '자고 일어나면 가장 먼저 머릿속에 떠오르는 게 칼날이 가득한 이미지야.'

영화라는 매체를 공부한 탓에 숱한 이미지들을 뇌에 저장했다. 기쁜, 슬픈, 우울한, 잔인한 모든 것들. 나라는 사람은 이미지 세포로 만들어진 사람이 아닐까 싶은 정도로 현상을 볼 때 어떤 이미지와 색을 자연스럽게 떠올리곤 한다. 그런 내가 이토록 극한 상황에 몰리고 나니, 초현실주의적 영화감독 루이스 부뉴엘의 〈안달루시아의 개〉에서 날카로운 칼날이 등장하는 장면을 시작으로 지금까지 경험했던 모든 가상의 이미지들이 뇌를 잠식하기 시작했다. 불행 중 다행이었던 것은 순간적으로 머릿속에만 떠오르는 이미지였으므로 그것들을 바로 삼키고 나면 한동안은 괜찮았다는 것이었다. 그러나 임시로 봉합된 상처는 금방 곪아 터져버렸다.

한 번도 뒤를 보지 않았던 만큼 쉬는 결정도 어려울 줄 알았다. 그러나 의외로 휴식 협상(?)은 쉽게 끝났다. 민지는 내 이야기를 차분히 들어주었고, 진작 쉬었어야 했다는 말과 함께 당장 이번 주말부터 쉬자는 결론을 만들었다. 날갯짓을 멈췄다. 항해를 멈추고 보니 그제야 태양 빛보다 더 먼 지평선이 보였다. 덜컹거리는 난기류를 더 영리하게 헤쳐나갈 수 있는 건 이카로스의 날개도, 라이트 형제의 비행기도 아니었다는 걸 깨달았다. 하던 일을 한 박자 멈추고 먼 곳을 바라보는 일이 필요했음을. 내가 두 다리를 딛고 서있는 곳이 어딘지 느껴보는 것임을. 그렇게 하말넘많의 첫 번째 휴가가 시작됐다. 채널 개설 2주년이 되는 날이었다.

3주간의 휴가

(강)

시간은 쏜살같이 흘러갔다. 3주간의 휴가 동안 알아낸 중요한 사실이 있다면, 나는 쉬는 법을 잘 모르는 사람이라는 것이었다. 휴가가 급하게 결정되었기에 직전 저녁까지도 남은 일들을 처리하느라 정신없이 일했다. 그렇게 휴가 첫날, 급속히 소강상태가 되었다. 아침에 눈을 떠 부지런히 준비해 출근할 곳이 없으니 '이제 뭐 하지?' 하는 생각으로 한참을 침대에 누워있어야 했다. 원래 같았으면 바로 3주짜리 여행을 떠났을 테지만 하필 코로나 시국이라 정말로 아무 계획을 세울 수 없었다. 그렇지만 이대로 3주라는 시간을 흘려보내기는 아까웠다. 그래서 휴가 첫날 내가 한 일은 집에 있는 카메라로 영상을 찍는 것이었다. 온 책상에 그림 도구들을 풀어놓고 열심히 그림을 그리고 그 모습을 카메라에 담았다. 뭔가 목표라도 있는 사람처럼 한참 그렇게 시간을 보냈다. 그러고도 시간이 남았다. 그러면 또 침대에 누워 한참을 '뭐하지?' 하는 고민으로 시간을 흘려보냈다.

그렇게 일주일쯤 지났을 때 내가 불안해하고 있다는 사실을 눈치챘다.

3주 동안 혼자서만 시간을 보낸 것은 아니었다. 서솔을 포함한 다른 친구들과 지금 함께하고 있는 사업들을 구상하던 시기였기에 거의 매일이 회의였고 왁자지껄 웃으며 시간을 보내는 날이 훨씬 많았다. 그런데도 밤이 되면 생각이 많아져 이유모를 눈물이 흐르기도 했다. 2년이 가까운 시간 동안 쉬는 법을 모르고 너무 앞만 보며 달려왔던 탓인지 일을 하고 있지 않은 상태에 대한 불안을 느꼈다. 그 불안은 단순히 '쉬고 있는 것'에서 오는 건 아니었다. 그러니까, 조금 근본적인 불안이었다. 유튜브라는 플랫폼의 특성상, 그리고 우리가 만들어 내는 콘텐츠가 가진 성격상 끝이 분명히 정해진 일을 한다는 것에 대한 불안감일 것이다.

채널의 끝에 대해 서솔과 이야기를 나눈 적이 있다. 우리는 유튜브라는 플랫폼이 시간의 제약 없이 계속해서 영상이 노출되고 소비가 된다는 점에서 3년 정도의 시간이 흐르면 한 채널에서 소비될 수 있는 이미지는 모두 소비되는 것 같다는 결론을 내렸다. 사실은 조금 먼 이야기처럼 느껴졌던 것이 사실이다. '끝'을 멀찍이 두고 마치 남 일처럼 여기고 싶었던 마음도 있었을 것이다. 그런데 이번 휴가 동안 미뤄두었던 '끝'을 자주 상상하게 되었다. 예상했던 3년보다는 1년이 빨랐지만 3년이라는 계산 안에 딱히 우리의 '상황'은 고려해본 적 없었기에 당황스러웠던 것이 사실이다. 침대에만 누우면 생각이 꼬리에 꼬리를 물고 나를 놓아주지 않았다. 친구의 불안을 빨리 알아채지 못했다는 죄책감. 견고하던 세상을 깨고자 했지만 결국 우리만 깨져 버린 것 같은 억울함. 어디까지 더 나아갈 수 있는지 알 수 없다는 것에 대한 막막함. 별다른 해결 없이 위태로운 시간은 계속해서 흘러갔다.

그렇게 두 달이 흐르고 또다시 무기한 휴식하게 되었다. 이번엔 채널이 위태로워져서였다.

그런데도 우리는 쉴 수 없었다. 당시에는 전시를 준비하고 있었기에 평소와 다름없이 매일 작업실에 출근해 전시 작업을 이어나갔다. 그때의 나는 확실히 평소와는 많이 다른 상태였다. 생각이 많아져 불면증이 생겼고 작업실에서는 아무렇지 않게 작업을 하다가도 갑자기 울컥한 기분이 들어 모니터 뒤에 얼굴을 숨기고 눈물을 훔치는 일도 있었다. 활동을 시작할 때부터 이런 상황을 숱하게 상상하고 굳은 맘을 먹어왔지만 정말로 눈앞에 끝이 닥치자 순간순간 감정이 요동쳤다. 2년을 넘게 우리가 가진 모든 열정을 바쳐 만들어온 모든 것이 타의에 의해 끝을 맞이하게 되는 상황을 받아들이기 어려웠다. 그렇지만 나보다 더 힘들어하는 서솔에게 내색을 할 수는 없었기에 매일 밤 혼자 울며 잠들었다.

서솔과 나는 서로가 아닌 다른 사람에게 우리의 이야기를 할 필요가 있었다. 그래서 처음으로 상담을 다녀왔다. 부부 클리닉 이외에는 내담자가 2명인 경우가 흔치 않겠지만 우리의 경우는 조금 특별한 케이스라고 생각해 서솔과 함께 상담을 받았다. 사실 상담실에 앉아서도 '말만 하는 걸로 뭐가 괜찮아지겠어?'라는 마음에 반신반의하며 시작했지만, 상담 말미에는 내 앞에 휴지 뭉치가 산을 이루고 있었다. 상담을 마치고 두 눈이 퉁퉁 부은 채로 나와 내 눈에 붙어있던 휴지 조각을 떼어내며 서솔과 한바탕 웃었다. 누군가에게 우리가 겪은 일에 대해 말해보는 경험의 효과는 대단했다. 단순히 말을 하는 것만으로도 해소되는 지점이 분명히 있었다. 상담사 선생님이 내게 내린 진단(?)은 간단했다. 종합하자면 내가 너무 채널과 나를 동일시하고 있다는 말이었다.

확실히 나는 '과몰입'하고 있는 상태였다. 유튜브에서 활동을 시작하고 2년이 넘는 시간 동안 하말넘많과 나를 분리해서 생각해 본 적이 없었다. 그렇게 임해왔기 때문에 우리가 해낼 수 있었던 일들이 분명히 존재하지만, 그 시간이 지나고 '하말넘많의 강민지'만 남아 이전의 그냥 '강민지'는 잃어버린 기분이었다. 하말넘많이 없어지면 내 존재도 사라질 것 같다는 생각이 들었다. 그래서 채널이 흔들리는 반경만큼 나도 같은 크기로 흔들리고 있었던 것이다. 확실히 내게는 거리 두기가 필요했다.

거리를 둔다고 해서 특별히 대단한 일을 한 것은 아니었다. 그냥 다른 생각을 하기 시작했다. 이전까지 내가 그려왔던 미래의 청사진에는 하말넘많이 빠져본 적이 없었다. 하말넘많이 뿌리였고 모두 그로부터 시작한 가지들이었다. 거리를 둔다고 해서 뿌리를 뽑을 필요는 없었다. 단지 뿌리를 늘려나가기로 마음먹었다. 그래서 새로운 일들을 벌이기 시작했다. 다른 사업을 준비했고 그에 따른 공부도 시작했다. '하말넘많의 강민지' 뿐만 아니라 다른 위치의 강민지를 계속해서 상상하며 준비했다. 또 서솔에겐 말해본 적 없지만 그와도 정서적으로 조금은 분리를 하리라 결심했다. 비슷한 일이 또 닥쳤을 때 서로의 고통에 너무 몰입하지 않기 위해. 한 명이 쓰러졌을 때 다른 한 명은 그의 버팀목이 되어주어야 하기에.

전국 비혼
궐기 대회

인생은 땅따먹기

서

내가 사는 이 사회의 모든 게 숫자로 재단된다는 걸, 나는 정말 알고 있다고 생각했다. 영상이 발행되는 순간 조회 수라는 성적표와 구독자 수라는 명확한 지표에 익숙해지다 못해 이제는 무뎌졌기 때문이었다. 명징한 숫자들에 휘감겨 2년 넘게 살아왔으니 숫자에 일희일비하는 일은 이제 없으리라 생각했다.

$21\,m^2$, $37\,m^2$, $42\,m^2\cdots$. 실평수 10평, 전용면적 14평, 3층, 8층, 역까지 도보 10분, 버스 정류장 3분, 5층 엘리베이터 없음, 관리비 10만 원, 주차비 3만 원….

그러나 대출을 끼고 내 돈을 더해 새로운 전세방을 구하는 순간, 이 모든 생각은 속단이 되었다. 서울 지도를 가득 채운 숫자들에 현기증이 났다. 집을 구하는 사이트들은 하나같이 아비규환이었다. 똑같은 집인데 평수가 다르게 올라와있는, 누가 봐도 그 평수가 아닌데 제곱미터를 속이는, 이미 누군가에게 팔렸을 허위 매물과 도저히 사람이 살 수 없을 것으로 보이는 매물들이 어지럽게 얽혀있었다. 그 속에서 나는 온갖 종류의 숫자에 잠식되어갔다.

"2억 2천까지 보고 있는데요."

"2억 5천은 안되세요?"

"2억 5천까지 보고 있는데요."

"2억 7천은 안되세요?"

...

"그 정도 집은 3억부터 나오는데."

"대출이 어디까지 나오세요?"

부동산에 전화하면 꼬리에 꼬리를 잇는 질문들이 따라왔다. 내가 가진 돈은 내가 원하는 위치와 크기보다 늘 부족했다.

2017년 1억 원짜리 전셋집에 들어올 때만 해도, 1억 4천만 원 정도면 웬만한 거실이 있는 투룸에 살 수 있었는데. 지금은 2억 5천만 원으로도 겨우 숨 쉴 수 있을 정도의 공간만 얻을 수 있었다. '한강이 보이는 2억 5천 오피스텔'이라는 말에 속는 셈 치고 가봤더니, 창문을 열고 상반신을 있는 대로 빼야 한강 물이 한 뼘 정도 보이는 집도 있었다. 역시 속는 셈 치고 가면 속았다. 한강이 보인다고, 빨리 계약하라고 너스레 떠는 공인 중개사가 제정신인가 싶었다. 보통 '베란다 있음'은 창문 뒤의 틈을 말하는 것이었고, '채광 좋은 1층'이라는 말은 반지하였다.

누구에게나 공평하게 내리쬐고 있는 햇빛이, 집 안에서는 다른 얘기가 된다. 이것마저 공평한 세상이 아니라는 것을 너무 늦게 알아버렸다고 생각했다. 지도상 괜찮아 보여 누른 집의 상태에 '반지하'가 쓰여있을 때의 허무함이란. '완전 지하는 아니고 반지하예요. 채광 좋아요.' 그런 문장을 쓴 공인 중개사에게 물어보고 싶었다. 진심으로 그렇게 생각하느냐고. 당신은 여기서 살 수 있겠냐고. 당신의 딸이 여기서 살아도 괜찮겠냐고.

서울 주거 포털 사이트에 들어가보면, 주거 정책 카테고리에 청년은 '신혼부부'와 함께 분류되어있다. 주거 취약 계층인 '청년 및 신혼부부의 주거 안정'을 위한 정책을 제공한다는 것이다. 두 계층이 함께 묶여있는 이유는 무엇일까? 그런 정책들을 볼 때마다 늘 의문이었다. 주거 사업 중 하나인 '역세권 청년주택'의 경우도 입주 대상이 '만 19~39세 대학생, 청년, 신혼부부'다. 청년을 위한 제도 안에서도 청년은 신혼부부와 경쟁해야 한다. 실제로 집을 구할 때, 부부와 함께 집을 본 적이 있다. 2억 5천짜리 조그마한 미니 투룸이었는데 혹여나 내가 먼저 계약을 할까봐 걱정이 되었는지 부부는 집 내부가 아닌 나를 흘겨보기 바빴다. 글로만 보던 '신혼부부와 실제로 경합'하는 기분이었다. '당신들은 우대 1순위면서, 나보다 대출도 잘 나오면서 왜 나를 째려보지?' 계약할 마음도 없었는데 견제당하자 억울했다.

'청년'으로 분류되는, 결혼하지 않을 여성의 경우 어디까지 순위가 밀리는 것일까. 국가의 주거 정책들을 읽어보기만 해도 한숨이 나왔다. '자녀 출생 시 임대주택 평형 확대'라는 추가 옵션을 보면 마음이 아득해졌다. 그건 결국 "아이를 낳아 봐. 집을 넓혀줄게."라는 말이었으니까.

책정된 값을 이해할 수 없는 집의 행렬을 보고 있으니, 단 1 m^2라도 넓은 집에 살고 싶은 마음이 간절해지기 시작했다. 27, 30, 31, 32, 35, 41…. 더 큰 숫자를 찾아 끊임없이 헤맸다. 그렇게 한 달이 지나고, 불현듯 내가 '땅따먹기'를 하고 있다는 생각이 들었다. '이것보단 넓었으면 좋겠는데…'라는 생각에 지쳐갈 즈음. '혹시 내가 평생 땅따먹기를 하며 살게 되는 건 아닐까?' 하는 생각이 들었다. 조금이라도 더 빛이 잘 드는 집에, 조금이라도 더 넓은 집에, 나아가 조금이라도 더 값이 오를 것 같은 집을 찾아다니는 평생의 게임.

"그래, 나는 거대한 게임을 하는 거야. 2년간 나라는 캐릭터에 재료를 합성해서 강화하고, 열심히 몬스터를 잡아 캐시를 벌고, 레벨 업과 전직을 한 뒤 다시 붙는 거야."

2년마다 설정값이 초기화되는 게임 속에 들어와 있다고 생각하자, 신기하게도 불안하기만 했던 마음이 조금 누그러졌다. 그러자 한 달간 진행되던 2020년 땅따먹기 미션이 종료됐다. 결정을 내리고 나서는 신기하기도 했다. 내 돈이 억울하지 않아야 한다는 생각에 멈출 줄 모르고 이어지던 집 구하기 행렬에 마침표를 찍게 된 것이었다. 그렇게 손을 떨며 천만 원이 넘는 가계약금을 보내고, 계약서에 사인했다.

지금부터 내가 할 일은 두 가지뿐이다. 첫째, 집을 찾던 노력이 헛되지 않게 그 집을 '사람 사는 곳'처럼 만들 것. 둘째, 2년 뒤 열릴 새로운 퀘스트에서 뒤처지지 않도록 레벨 업할 것. 아주 심플한 미션이 내 눈앞에 주어졌고, 이제 성실히 이행만 하면 된다. 새로운 퀘스트 결과는 2년 뒤 공개 예정.

천에오십반지하

ㄱ

내가 대학 시절에 만들었던 다큐멘터리 〈천에오십반지하〉는 한 청년이 대학을 졸업하면서 모부로부터 경제적 독립을 하기 위해 집을 찾아 나서는 내용이다. 영화가 던진 메시지는 단 한 줄이었다. '이제 갓 대학을 졸업할 무렵의 청년이 오롯이 자기 혼자 힘으로 집을 구할 수 있을까?' 그 한 가지 질문을 던지기 위해 59분의 러닝 타임이 흘러간다.

나는 겁 없이 내가 직접 그 질문에 뛰어들기로 했다. 영화는 내가 대학을 졸업하기 3개월 전 시점부터 시작한다. 대학 시절 지냈던 자취방 보증금 천만 원은 엄마에게 빌렸던 돈이므로 다시 돌려 드리고 그다음 내 힘으로 구할 수 있는 보증금과 월세

의 적정선을 찾았다. 보증금 100만 원에 월세 20만 원. 이 금액
이 터무니없이 느껴질지는 모르겠으나 방금 막 사회에 던져진
청년이 기본 천만 원을 웃도는 수준의 보증금을 감당하기란 사
실상 불가능에 가깝다. 월세는 아르바이트로 어떻게든 충당한
다고 쳐도 보증금이 문제였다.

그때부터 보증금을 해결할 수 있는 모든 경우에 도전했다.
LH 대학생 전세 임대주택 사업부터 당시 갓 출범했던 SH 행복
주택 등 국가에서 지원받을 수 있는 정책들을 먼저 알아봤다.
LH 사업은 당첨이 되더라도 계약할 수 있는 건물의 기준이 비
현실적이라 당시 당첨 이후 계약 성공률이 20% 남짓으로 극악
이었고 그마저도 나는 애초에 서류에서부터 탈락이었다. SH 행
복주택은 신혼부부가 아니고서는 도전해봐야 의미가 없는 사
업이었다.

경험 삼아 고시원 생활도 며칠 했다. 고시원도 저마다 조건
이 다르겠지만 월 20만 원짜리 고시원은 여성에게 너무 취약한
공간이었다. 여성 전용층이 따로 있긴 했지만, 거주자가 아니더
라도 누구나 접근 가능한 형태였고 관리인이 상주하지도 않았

다. 심지어 샤워실에도 잠금장치가 따로 마련되어 있지 않아서 늘 누가 문을 열고 들어오지는 않을까 하는 두려움을 안고 샤워를 해야 했다. 관리가 되지 않는 건물 내부라던가 옆방에서 발톱을 깎는 소리가 들려오는 방음 수준 정도는 귀엽게 넘어가 줄 수 있었다. 고시원을 뛰쳐나오기 전날 밤에는 옆방 사람이 이어폰으로 듣는 노랫소리까지 내 귀에 들려왔다.

결국, 영화는 한 달간 임시로 지내기로 한 옥탑방에서조차 집주인의 변덕에 의해 예정보다 빨리 쫓겨나게 되는 상황으로 마무리된다. 영화보다 더 영화 같다는 말이 자연스레 떠올랐다.

지나간 일에 대해 후회하는 성격은 아니지만 지금에 와서 아쉬운 점이 하나 있다면 내가 다큐멘터리를 만들 당시에 집중했던 나의 정체성이 '여성'보다는 '청년'에 훨씬 더 기울어져 있었다는 것이다. 물론 내가 여성이 아니었어도 실패했을 미션이겠지만 애초에 핀트가 시작부터 조금 어긋나있었다는 생각이 든다. 같은 청년이지만 여성에겐 남성보다 한 가지 조건이 더 부여된다. '안전한 집'을 구할 것. 여성의 안전에는 돈이 든다. 어두운 골목길을 피하기 위한 역세권 위치부터 시작해 건물의 관리 여부와 하다못해 잠금장치까지 '옵션'으로 '추가금'을 지불해야 얻을 수 있는 것들이었다. 여성은 애초에 설정값부터 달랐다.

여성은 남성보다 40%를 덜 벌고 취업 기회 자체도 남성들과 비교하면 적은 데다가 경력 단절의 위험은 언제 어디서나 도사리고 있다. 그런 와중에 매달 들여야 하는 주거비까지 훨씬 많이 지출해야 한다니. 그렇다면 도대체 여성은 언제 돈을 모아 집을 살 수 있을까. 국가는 여성을 계속해서 가난한 상태로 방치시키면서까지 이뤄내고 싶은 것이 무엇일까. 이제는 그 답을 알 것도 같다.

비혼 여성 경제백서

（서）

　　수능이 막 끝난 19.9살 무렵 처음으로 돈을 벌기 시작했다. 돈 벌기 루트는 단 하나, 영어 과외였다. 주요 고객은 엄마의 지인이었다. 엄마 친구 딸, 어린 친척 등 주변에 소개받을 사람들이 꽤 많았다. 수능 직후의 고3 머리엔 아직 지식이 가득했고, 아는 것만 가르쳤더니 돈이 생겼다. 대학 입학 직전까지 한 과외로 두둑이 돈을 벌어 입학에 필요한 경비를 직접 냈다. 괜히 우쭐해지는 마음과 함께 '돈 벌기 쉽네.'라는 치기 어린 생각을 했다.

　　그러나 당연하게도, 그 생각은 오래가지 못했다. 수요보다 공급이 넘쳐나는 과외 시장은 냉혹했다. 두둑했던 통장 잔고는 얼마 가지 않아 텅 비었고, 나는 엄마에게 자주 "돈을 빌려달라."고 말했다. 비싼 등록금 때문에 감히 주기적인 용돈을 달라고 말할 수 없었기 때문이었다. 그때부터 나는 끊임없이 아르바이트를 했다. 다행히도 촬영과 편집을 할 수 있는 능력 덕분에 나쁘지 않은 페이를 받고 일을 할 수 있었지만, 하루에도 몇 번씩 통장 잔고를 확인하는 삶을 살 수밖에 없었다.

그 무렵, 'YOU ONLY LIVE ONCE'라는 말이 유행하기 시작했다. 미래가 아닌 현재의 행복을 찾는다는 'YOLO족'의 등장은 꽤 반가운 일이었다. 한 달 주기로 텅 비는 통장에 허무함을 느낄 게 아니라, 행복을 찾을 수 있다는 발상의 전환이었다. 그래, 한 번뿐인 인생. 이렇게 아껴서 뭐해? 삶의 혁신이었다. 그 후 내 삶은 꽤 단순해졌다.

[시스템 명령어: 통장에 들어온 돈은 다 쓰시오.]

젊었을 때 놀아야 한다는 마인드로 여행도 자주 다녔다. 한 번의 여행에 몇백만 원씩 돈을 썼다. 여행 후 통장 잔고에 천원이 남아도 상관없었다. 또 벌면 되니까. 그리고 또 쓰면 되니까. 지금 놀아야 나중에 후회하지 않는다는 마인드는 내 삶에 깊숙이 들어왔다. 우리가 디폴트립을 무리 없이 떠날 수 있었던 이유도 단순했다. 지금 놀아야 후회가 없으니까. 사실 그 여행은 우리가 유튜브 광고 수익으로 벌었던 모든 돈을 탕진한 '몰빵' 여행이었다. 늘 그렇듯 여행을 다녀와서 수중에 남은 돈이 거의 없었다.

그러나 YOLO족 생활은 오래가지 못했다. 여행 두 달 뒤, '비혼 여성 경제백서' 영상을 만들면서 인생의 화폐 개혁이 시작됐다. 영상은 비혼을 결심한 여성분들의 사연을 모아 '어떻게 돈을 쓰고 있는지' 소개하는 내용이었다. 결론부터 말하자면 충격적이었다. 나와 비슷한 나이의 여성분들이 적금 7개를 들고, 이미 아파트를 샀다는 내용을 읽으며 눈이 휘둥그레졌다. 이미 28살에 1억 원을 모았음에도 불구하고, 지하철 정기권을 이용하며 100원도 허투루 쓰지 않는 삶이 있다는 사실은 나에게 큰 울림을 주었다. 아니, 사실은 울림보다 부끄러움이 더 컸다. 이 나이가 될 때까지 적금 만기 한 번 타보지 못했다는 것이 민망했다. 촬영이 끝난 날 집에 돌아가는 길에 바로 지하철 정기권을 만들고 자유 적금을 만들었다. 민망한 마음이 너무나 커서 나온 반사적인 행동이었다. 그리고 1년 뒤, 두 개의 적금을 만기로 탔다. 내 인생 첫 적금 만기는 그렇게 2020년 4월이 되었다.

혼자 살겠다는 다짐은 절대 다짐만으로 이루어지지 않는다. "나 비혼이야. 혼자 재미있게 살 거야."라는 말 안에 함축된 의미는 나 자신을 내가 직접 먹이고, 입히고, 재운다는 뜻이다. 그렇다면 이 선언 후 우리는 반드시 '어떻게?'라는 물음을 가져야만 한다. 나를 어떻게 먹이고, 어떻게 입히고, 어떻게 재울 것인가? 비혼 여성으로서 집을 구한다는 것. 자기만의 방을 가진다는 것. 이 명제가 이토록 무겁게 다가왔던 때가 없었다. 지금보다 훨씬 어렸을 때부터 외쳤던 비혼이지만, 대한민국에서 비혼 여성으로 '어떻게' 살아남아야 하는가에 대해서는 한 번도 깊게 고찰해본 적이 없었다. 그런 것에 대해 가이드를 제시해주는 사람도, 책도, 미디어도, 아무것도 없었다.

비혼 여성으로서 집을 '가진다'라는 것. 가진다. 집을 가진다. 읽어볼수록 어색한 문장이다. 아파트 신화가 거룩한 이 땅에서, 내 집을 '가진다'라고? 가능한 일일까? 내게 되물어본다. 억이라는 숫자가 이미 우스워진 서울 땅에서 집을 사기는커녕 전셋집을 얻는 것만 해도 쉽지 않다. 이 시점에 '내 집을 가진다.'라는 문장은 너무나도 낯설다. 그래서 나도 경제와 관련된 생각들을 계속 뒤로 미루고, 회피했다. YOLO라는 신조어가 많은 이들에게 환영받았던 이유도 이와 비슷할 것이다.

왜 나는 지금까지 고작 이 정도의 경제 지식밖에 가지지 못했을까. 돌이켜 보면 그렇다. 공부하고 알아볼수록 정면으로 마주하게 될 현실이 두려웠다. 내가 얼마나 노력해야 1억 원을 가질 수 있는지, 얼마나 노력해야 '아파트'를 얻을 수 있는 것인지. 비혼으로 살아가겠다는 큰소리와 그것을 위해 해나가야 할 경제적인 사고가 전혀 동일 선상에 놓여있지 않았다.

그러나 채널 안에서 콘텐츠를 만들며 나는 끊임없이 경제적 성장을 하는 중이다. 물질적인 돈을 번다는 것보다, 세상을 경제적인 관점에서 바라볼 수 있는 사람이 되고 있다는 뜻이 더 크다. 우리의 경제 콘텐츠에 그 누구보다도 영향을 많이 받는 사람은 나다. '하말넘많 덕분에 적금을 들었다. 주식을 시작했다. 경제 기사를 읽기 시작했다. 감사하다.'라는 댓글을 마주할 때마다 머쓱한 마음을 감출 수가 없다. 그 누구보다 감사한 건 바로 나 자신이기 때문이다. 내가 2019년 4월, '비혼 여성 경제 백서' 콘텐츠를 만들지 않았다면, 적금 만기를 타보지 않았다면 내 통장은 지금 어떤 모습일까? 아마 지금도 YOLO 시스템 명령어에 따른 삶을 살고 있었을 것이다. 그러나 19살, 돈 벌기 쉽다고 생각했던 서솔은 이제 'YOLO(욜로) 하다가 골로 간다' 라는 펀치 라인을 더 신뢰하고 있다.

내 인생의 동반자 전동 드라이버

(강)

반지하와 5평짜리 원룸, 고시원, 셰어하우스, 경기도 외곽의 분리형 원룸을 지나 만난 나의 첫 번째 전셋집은 내 상상과는 조금 달랐다. 앞서 말했던 내 다큐멘터리 〈천에오십반지하〉는 내가 꿈꾸던 이상형의 집을 미니어처로 직접 짓는 것으로부터 시작한다. 거실 하나에 방 두 개. 작은 방은 드레스 룸, 큰 방은 북유럽풍으로 멋을 낸 침실, 넓은 거실 공간에 감각적인 'ㄷ'자 주방까지. 대학 졸업반이던 당시의 내 주머니 사정에는 다소 과한 집이라고 생각하며 연출했지만, 현재 시점에서 되돌아보면 참으로 소박한 꿈이 아닐 수 없다. 그냥 집도 아닌 무려 꿈의 집이 펜트하우스도 아니고 고작 방 두 개짜리 집이었다니.

2020년 여름, 얼추 비슷하게나마 그 꿈은 실현되었다. 나랏돈이라 가능한 일이었다. 대학 때는 인연이 없던 LH에서 전세 임대금을 대출받을 수 있었다. 수도권의 경우 총 1억 2천만 원까지 전세대출금이 나왔지만, LH가 제시한 조건들을 충실히 이행할 수 있는 건물들은 대체로 준공일이 오래된 건물이 많았다. 신축 건물에 들어가는 건 불가능에 가까운 수준이 아니라 그냥 불가능이었다. 서울에 있는 온갖 허름한 건물은 다 보고 다녔다. 게다가 무슨 집들이 다들 그렇게 언덕배기에 있던지 따로 운동이 필요 없었다. 그 와중에 조금 더 나은 집을 찾아보겠다고 무더운 여름날 출근하기 전 1시간씩 근 한 달을 매일같이 부동산을 드나들었더니 마침내 마음에 꼭 드는 집을 하나 찾을 수 있었다.

작업실과도 멀지 않고 방마다 큰 창이 있어 어떤 시간대에도 해가 잘 드는 집이었다. 그중 가장 마음에 들었던 건 벽을 둘러 크게 나있는 베란다였다. 더 이상 빨래를 방 안에 널 필요가 없다는 사실이 내게 엄청난 해방감을 선물했다. 집이 조금 낡아 보이긴 했지만 도배와 장판만 바꾸면 해결될 것 같았다. 그렇게 마음이 앞서 급히 계약서에 도장을 찍어버렸다.

그렇게 한 달 후 원래 살던 세입자가 이사를 나가고 빈집을 확인하러 갔을 때 정신이 번쩍 들었다. 가구가 빠져나간 자리는 집의 연식을 그대로 드러내고 있었다. 그제야 자세히 살펴본 창문은 틀이 무려 나무였다. 오랜 시간 빛을 받아 표면의 코팅은 죄다 벗겨져 있었고 손만 스쳐도 우수수 나무 재가 떨어지는 유물이었다. 게다가 열 때마다 휘어진 쇠 창틀에 부대껴 질러대는 비명 소리는 아무리 들어도 익숙해지지 않았다. 계약 전, 건물주가 내게 전 세입자가 7년이나 살다 이사를 간다는 말을 했었다. 당시 쉽에 콩깍지가 씌었던 나는 단순히 문자 그대로만 받아들였고 심지어는 '7년이나 살 정도면 집이 나쁘지 않은가 보다.' 하는 순진한 생각까지 했었다. 지금 이 시점에서 똑같은 말을 들었다면 바로 '집이 관리받은 지 7년이 지났다는 이야기군.'이라고 생각할 텐데 그때는 미처 거기까지 생각이 닿지 못했다. 집은 관리가 전혀 되어있지 않았다. 화장실부터 베란다, 현관문과 주방까지 고쳐야 할 곳이 성한 곳보다 많은 집이었다. 그렇지만 가진 돈을 거의 다 털어서 했던 이사였기에 수중에 전문가에게 시공을 맡길 만한 돈은 남아있지 않았고 결국은 나밖에 없었다. 눈물을 머금고 집을 직접 고쳐보기로 마음먹었다.

• Mission 1. 화장실

집의 노후 정도를 알아보기 가장 쉬운 공간이 바로 화장실이
다. 보통 세면대의 물을 틀어보거나 세면대 아래 녹이 슨 곳은
없는지 또 깨진 타일은 없는지 꼼꼼히 들여다봐야 알 수 있지
만 이 집의 화장실은 굳이 힘들여 살펴보지 않아도 아주 대단
히 낡아있었다. 타일 사이를 메꾸고 있는 시멘트 재료를 줄눈
이라고 하는데 시공한 지 너무 오래되어 줄눈이 다 패여서 모
든 타일 사이에 때가 껴있었다. 금방 생긴 분홍색 물때가 아니
라 아주 짙은 검은색의 연배가 있는 곰팡이였다. 꼴 보기 싫은
줄눈부터 해결하고 싶었다. 인터넷에 찾아보니 기존의 줄눈을
송곳 같은 도구로 일일이 파낸 뒤 다시 그 위에 시멘트와 줄눈
용품을 덧씌우면 되는 간단한 시공 같아 보였다. 내 나름대로
손재주가 있는 편이라 자신했기에 만만하게 보고 시작했다. 당
연하게도 시작한 지 30분 만에 욕실은 초토화되었다. 줄눈 사
이에 시멘트를 채워 넣는 건 생각보다 시간이 많이 필요한 작
업이었다. 성질이 급한 나는 줄눈을 제대로 파내지도 않고 시
멘트를 타일 틈으로 집어넣으려고 했다. 그랬더니 시멘트는 자
꾸 밖으로 토해져 나오고 나는 그걸 다시 넣고 의미 없이 반복
되는 싸움을 하게 되었다. 온몸에 시멘트를 묻혀가면서까지 안

간힘을 써봤지만, 결과적으로 바닥의 절반 정도만 채우고 결국 포기했다. 그렇게 시멘트가 마르길 기다리며 천장의 깨진 타일과 세면대 주위에 덜렁거리는 실리콘을 뜯어내고 새로이 발라주었다.

- Mission 2. 베란다

앞서 말했듯 우리 집 베란다는 벽을 둘러 길쭉하게 나있었다. 바깥쪽이 큰 창으로 덮여있어서 해가 무척 잘 들었다. 문제는 필름이 하나도 붙어있지 않아 안쪽이 훤히 들여다보이는 구조라는 것이었다. 빨래라도 널려고 하면 동네방네 여자 혼자 사는 집임을 홍보하는 수준이었다. 그래서 불투명 시트지를 직접 붙이기로 마음먹었다. 창 맞춤 사이즈로 치수를 재서 주문할 수도 있었지만 추가 비용이 들었기에 통 시트지를 구입해 직접 재단하기로 했다. 내가 평생 붙여본 시트지 사이즈라고는 기껏해야 싱크대 하부장 수준이었는데 이번엔 사람 키만 한 높이의 창문 8개에 작업을 해야 했다. 인터넷에서 주방 세제를 탄 물을 분무기에 넣고 창문에 뿌린 후 작업하면 엉뚱한 곳에 시트지가 잘못 붙는 실수 없이 여유롭게 시공할 수 있다는 정보를 얻었다. 문제는 세제를 너무 많이 탄 것인지 아니면 너무 많이 뿌려댄 건지 시트지가 잘못 붙기는커녕 아예 붙지도 않고 덜렁거리고 있었다. 거의 2시간을 매달려 힘겹게 시트지를 다 붙이고 나니 중간에 생긴 기포 따위는 나에게 중요한 문제가 아니었다. 기포 모양마저도 시트지 무늬처럼 사랑해줄 수 있을 정도로 지친 상태였다.

● Mission 3. 주방, 침실, 구멍 난 천장

그 외에도 크고 작게 신경 쓸 부분이 많았다. 주방에는 싱크대가 고정되지 못한 채 덜렁거리고 있었고 안방은 깊은 밤에도 주변 건물과 가로등 때문에 너무 밝았다. 처음 싱크대가 덜렁거린다는 사실을 인지하고 아래쪽을 내려다보니 다리 한쪽은 어디로 갔는지 보이지 않고 대충 벽돌로 괴여져 있었다. 싱크대를 벽에 바짝 붙여 사이에 실리콘을 두껍게 발라주는 것으로 간단히 해결했다. 밤낮없이 밝은 안방도 전동 드라이버를 구입해 암막 커튼을 달아주었다. 그리고 집안 곳곳에 이유 모르게 나 있는 구멍과 틈새들을 실리콘을 들고 다니며 모두 막아주는 것으로 집 고치기 프로젝트는 일단락되었다. (사실 어느 정도는 그냥 참고 산다.)

아마 많은 여성이 집을 수리하는 일은 주로 남성의 손에 맡겨왔을 것이다. 나 또한 다르지 않았다. '이래서 집안에 남자가 있어야 해.'라는 말 또한 귀에 딱지가 앉게 듣고 자라왔다. 그때부터 하말넘많이 될 싹이 있었는지는 몰라도 그런 말을 들을 때마다 꼭 '왜요?'라고 반문하긴 했지만, 그런다고 분이 삭혀지지는 않았다. 다행히 나는 손으로 하는 일을 좋아해 아빠가 뭔가를 고치거나 만들 때 옆에서 과정이 어떻게 흘러가는지 지켜보고 머리에 새겼다. 20년을 그렇게 자라오며 습득한 지식으로 집을 직접 고치고 느낀 점은, 이렇게 별것도 아닌 일들로 남자들은 유세를 떨어왔구나 하는 생각이었다. 누가 해도 그리 어려운 일들이 아니었다. 남성들이 집에서 도맡아 하는 일이라고 해봐야 전등 갈기(물론 나는 전등 전기 작업도 직접 한다.), 틈새 실리콘으로 메우기, 가구 조립하기 정도이지 않을까 예상한다. 여성들이 직접 할 수 없는 작업은 어차피 숙련된 전문가가 필요한 수준의 공사일 것 같은데 그렇다면 굳이 그 정도 효율 때문에 집안에 남자를 두어야 할까 하는 의문이 드는 것이다. (살면서 생각이 바뀌면 그때 다시 집필하여 정정하겠습니다.) 요즘 같은 세상에 궁금한 것은 유튜브에 모두 있으니, 역시 내 인생의 동반자는 전동 드라이버 정도면 충분하다는 생각이다.

사실 이번 이사에는 오기가 좀 생겼었다. 워낙 집에 관해서는 '여자 혼자'라는 조건이 열등하게 취급되기에, 그 대단한 이사를 혼자 힘으로 해내보이고 싶은 욕심이 있었다. 물론 처음부터 수리가 필요 없는 신축 건물에 들어가 살 수 있다면 좋겠지만 현실적으로 당장은 무리가 있다. 또한, LH와 같은 국가 기관에서 전세 자금을 대출받으려면 건물이 가진 부채 비율부터 꼼꼼히 따져야 할 조건들 때문에 낡은 구옥에 들어가 살게 될 가능성이 크다. 그러니까 앞으로도 내가 살게 될 집이 그다지 좋은 환경이 아닐 가능성이 크다는 이야기다. 그럴 필요가 없으면 좋겠지만, 이사 비용을 제외하고 수중에 남은 돈이 거의 없을 때 집을 고쳐야 하는 상황이 온다면 '내 선에서 해결할 수 있는지'가 많은 차이를 불러온다. 내가 즐겨보는 채널의 유튜버가 이런 말을 한 적 있다. '나의 행운이 아니라 불행을 위해 대비하라.' 물론 주변에 도움을 청할 수 있는 사람들이 있다면 좋겠지만 사람 일이라는 것이 그렇지 않은 경우가 반드시 생길 것이고, 이건 비단 집수리만을 이야기하는 것은 아니다.

이사는 앞으로 살아감에 있어 내가 '혼자' 해내야 할 많은 퀘스트 중 하나일 뿐이었다.

엄마, 나는 결혼 안 해

(서)

고민이 하나 있다. 엄마 아빠가 지금까지 낸 축의금을 어떻게 환수할지에 대한 것이다. 대한민국에서 축의금 이슈는 나이를 막론하고 중요한 문제다. 내가 이만큼 냈으면 상대방도 마땅히 이만큼을 줘야 하는 기브 앤 테이크. 도리를 넘어 도덕성까지 판별하는 잣대가 되는 사례들을 보고 있으니 자연스레 걱정이 밀려왔다. 내가 커오는 동안 당연히 '우리 딸이 결혼할 때'를 그리며 착실히 냈을 엄마 아빠의 축의금을 어쩌면 좋을까. 다른 사람들의 결혼 소식을 듣고 있자면 간헐적으로 걱정이 되었다. 딸이 우리를 배신했다고 생각하진 않을까? 한 친구는 비혼을 선언한 본인과 언니에게 '자매 합동 비혼 선언식'으로 축의금을 받으라는 이야기를 모부님께 들었다고 했다. 그럼

난 어떡하지?

단언컨대 태어나서 지금까지 단 한 번도 '결혼'하고 싶었던 적이 없다. 아이도 물론이다. 단 한 번도 아이를 낳고 싶다는 생각을 해 본 적이 없다. 내가 어렴풋이 그려온 미래에는 나 혼자만이 존재할 뿐이었다. 물론 그 자체가 막연한 생각이었음을 부정하지는 않는다. 혼자 어떻게 살 수 있을지에 대한 고민이 동반되지 않은 채 그저 자유롭고 싶은 마음이 우선이었다. 시집살이, 시누이, 명절, 며느리로서 해야 할 도리. 넓어지는 가족 관계에 따르는 과중한 사회적 책임과 먼 삶을 살고 싶었다. '비혼주의자'로서의 성장은 자유를 잃고 싶지 않다는 갈망으로부터 시작됐다. 지금은 가부장제를 적극적으로 거부하는 비혼으로서의 개념인 '반혼(反婚)'이라는 단어에 좀 더 무게가 실려 있지만 말이다.

그런데도 결혼의 그림자는 시종일관, 어떻게든 나를 따라다녔다. 인사 대신 건네는 "결혼 언제 할 거니?"라는 질문과 헤어질 때 "다음 만남은 네 결혼식이겠구나." 하고 떠나는 친척들의 말은 예삿일이었다. '결혼할 가능성'이 있는 미혼 여성으로 커

간다는 것은 그런 식이었다. 어디를 가나 '남자 친구'의 여부를 확인해 주어야 했으며 주변 남성들과 만남을 권유받았다. "내가 아는 애가 있는데, 무슨 회사에 다니고, 나이는 너보다 한 세 살 많은데, 애가 착하고…." 그런 말을 들을 때마다, 결혼하지 않겠다는 다짐은 생각보다 꽤 견고해야만 지킬 수 있어 보이기도 했다.

그러나 시집갈 때 다 됐다는 악의 없는 칭찬을 끔찍하게 여기는 것보다 더 심각한 것은 따로 있었다. '결혼하지 않는 사실' 자체가 지닌 사회적 감점 요소였다. 결혼할 나이가 됐음에도 결혼하지 않을, 나아가 출산하지 않을 여성을 바라보는 사회의 시선. 그 잔혹한 시선을 정면으로 마주할 때마다 목이 막혔다. 집과 대출을 알아볼 때마다 당연하게 따라오는 기혼 여부, 자녀의 수와 관련된 질문은 '정말 이래도 결혼하지 않을 거냐.' 하고 말을 거는 것 같았다. 결혼하면 행복주택에 편히 들어갈 텐데, 아이를 낳을 때마다 대출금리를 깎아줄 텐데, 정말 결혼 안 할래? 애 안 낳을래?

혼인 서약을 한 여남을 기준으로 '정상 가족'을 규명하는 국

내와 달리, 프랑스에는 'PACS(Pacte Civil de Solidarité)'라는 제도가 있다. 시민연대계약 또는 공동생활약정으로 불리는 이 제도는 성별에 상관없이 새로운 가족의 형태를 만들 수 있는 제도다. 결혼이라는 제도에 편입되지 않는 사람들을 위한 것으로서 동거의 형태도 결혼과 유사한 사회적 보장을 받을 수 있다. 그러나 국내에서는 2014년에 생활동반자법이 논의되었으나 국회에 발의조차 되지 못했다. 제도를 이탈하려는 이들을 사회에 편입해주지 않겠다는 으름장처럼, 아직까지 법안은 허공을 떠돌고 있다. 결국, 결혼하지 않는 사람들은 이 사회의 이방인일 뿐이라는 말이다.

이렇다 보니, 내 주변을 둘러싼 어른들이 나의 결혼 여부에 첨예한 관심을 두는 것을 이해하지 못하는 것도 아니다. 예전부터 이어져 오던 결혼에 대한 관념(적당한 나이가 되면 결혼하고 애를 낳는) 때문만이 아니다. 온 세상이 결혼이라는 울타리 안으로 들어가는 것 자체를 홍보하며, 어떤 혜택을 줄지 큰소리로 외치고 있기 때문이다. 최근 창원시에서는 결혼 자금 1억원을 받고 10년 이내에 3자녀를 출산하면 대출금을 '전액' 삭감해주는 정책을 발표했다. 늦춰지는 '결혼 적령기'와 낮아지는 출생률을 극복하고자 하는 대비책들은 혜택의 모양으로 탄생하고 있다. 이 세계로 들어오면 아파트 한 채는 가질 수 있다는 말은 내가 듣기에도 달콤하다.

여기에 결혼하지 않고 혼자 사는 여자를 히스테릭한 여자로 보는 사회의 시선도 어른들이 걱정하게 만드는 요소 중 하나다. 한국 사회는 혼기가 꽉 찼음에도 결혼하지 않는 여자의 언행을 '노처녀 히스테리'라고 부른다. 혼자 사는 여자는 신경질적이고 미쳐간다는 것이다. 그러니 누구든 나의 결혼을 걱정한다. "밥은 먹었니?"라는 안부처럼, "결혼은 언제 하니?"라는 말은 나의 안녕과 미래를 묻는다. 따라서 나의 비혼 다짐이 이전에는 자유를 원하는 단순한 소망이었다면, 이제는 '반(反)혼'이라는 선언에 가깝다. 평범함에서 벗어나는 순간 모두의 눈초리를 받는 한국 사회에서 결혼하지 않는다는 것은 생각보다 굳건한 다짐이 있어야 성공할 수 있는 일이라는 생각을 한다.

"엄마, 나는 결혼 안 해. 기대하지 마."라는 말을 할 때 엄마가 어떤 생각을 했는지 나는 안다. 아직 어려서 그렇지, 크면 달라지겠지. 쟤가 지금은 저렇게 말을 해도 나중에는 달라지겠지.

그러나 평생에 걸친 나의 다짐은 아직 변하지 않았고, 앞으로도 변하지 않을 예정이다. 그리고 예상컨대 PACS와 같은 생활동반자법이 국내에 도입된다면 반드시 결혼해야 한다는 사회적 통념 대신 다양한 가족의 형태가 보장되는 진일보한 사회가 만들어질 것이다. 그렇다면 엄마 아빠를 포함한 우리 모두의 머리를 아프게 하는 '축의금 기준'을 더는 지식인에 물어보지 않는 세상이 오지 않을까.

집에서 과로하다

강

"집에서 과로사할 것 같아."

 나의 주변 인물이라면 한 번쯤은 들어봤을 말이다. 나는 집에서 정말 바쁘다. 그도 그럴 것이 우리 집에는 뭔가 할 거리가 가득하다. 수십 가지의 그림 도구와 찻잎, 카메라와 노트북, 냉장고 한 면을 가득 채운 맥주와 안주를 담을 플레이팅 도마, 앉은 자리 어디서나 태블릿을 걸 수 있도록 구석구석 꽂아둔 꼭꼬핀, 매일 들여다봐줘야 하는 식물들. 나를 스쳐 지나간 작은 취미들까지 그득 찬 내 방은 보물 창고나 다름없다. 물론 나 자신을 '프로싫증꾼'이라고 부를 만큼 금방 싫증을 내지만 유행이 돌고 도는 것처럼 때가 되면 나는 다시 관심을 내어준다.

대학 진학을 이유로 스무 살 때 상경한 후로 쭉 혼자 살아왔다. 내 인생의 삼 분의 일 넘게 혼자 살아온 셈이다. 지금에야 집에 갈 생각만 하면 기대감에 엉덩이가 들썩거리지만 내게도 집만 생각하면 우울해지는 시절이 있었다. 처음 우울감을 느꼈던 것이 대학교 3학년 즈음이었던 것으로 기억한다. 그때쯤 함께 몰려다니던 대학 동기들은 점차 제 살길을 찾으려 각자의 시간을 보내며 고군분투하기 시작하던 시기였고 나는 잠시 혼자 멈춰있었다. 언젠가 서솔이 외로움이라는 감정이 심심함과 크게 다르지 않은 것 같다는 말을 한 적 있다. 돌이켜 생각해 보면 나는 좀 많이 심심했던 것 같다. 그 당시 학교 수업은 보통 주 3~4일 정도 들었으니 일주일의 반 이상을 나 홀로 보내야 했는데 그때는 혼자 시간을 보낼 때 뭘 해야 하는지 전혀 몰랐다. 취미가 없었다. 하다못해 책이라도 읽었으면 좋았으련만 그저 침대에 누워 온종일 휴대폰을 들여다보고 밤이 되어 아무것도 하지 않은 것을 후회하는 것이 루틴이었다. 주변인들은 각자의 생활에 바쁘고 나는 혼자 있는 시간을 견디지 못하니 자연스럽게 연애 관계에만 매달리고 있었다.

내가 혼자서도 시간을 그럭저럭 보내게 된 건 조금 뜻밖의 타이밍이었다. 어느 날, 취미로 미술을 시작한 친구가 약속 장소에 그림 도구를 잔뜩 가지고 나타났다. 그날은 내가 실연을 당한 다음 날로 나를 위로하고자 모인 자리였다. 전날 새벽까지 술을 들이부어 성난 속을 움켜쥐고 약속 장소로 향했다. 친구는 그림을 그리고 놀자며 눈이 퉁퉁 부어있는 내 앞에 작은 스케치북과 그림 도구를 잔뜩 올려놓기 시작했다. 뱅뱅 도는 머리를 붙잡고 그 작은 종이를 들여다보자니 내가 여기서 뭘 하고 있나, 하는 생각이 들었다. 그렇지만 산은 산이오. 술은, 아니 물은 물이오. 친구가 원하는 대로 손에 펜을 쥐었다. 그때까지 내게 그림이란 학교 다닐 때 선생님이 내주신 과제로 그려본 것이 다였기에 그리고 싶은 것을 그리라는 친구의 말이 그저 어렵게 느껴졌다. 한참을 고민하다가 그냥 눈앞에 있는 친구의 얼굴을 그리기 시작했다. 친구의 얼굴을 한참 들여다보다가 눈썹 하나 그리고 또 한참을 보다가 코 하나 그리고 머리카락을 붙이고 옷을 입히고, 그저 보고 따라 그리는 것에만 집중했다. 그렇게 작은 선 하나에 연연하다 보니 머릿속을 가득 채우던 잡생각이 어느새 점점 뒷순위로 밀려나고 있었다.

그렇게 한 시간을 몰두하며 그려낸 그림은 당연히 엉망진창이었다. 비율부터 색감까지 뭐 하나 괜찮은 구석이 없었다. 그런데도 마음에 들었다. 그림보다는 그렇게 무언가에 열중한 채로 보낸 시간이 썩 나쁘지 않았다. 그날 하루는 정말 질릴 때까지 그림을 그렸다. 그렇게 시작된 그림은 누군가 나에게 취미가 뭐냐고 물어보면 가장 처음으로 나오는 으뜸 취미가 되었다. 그림은 그림을 그리는 것 자체로도 좋지만, 무언가에 몰두하며 보내는 시간의 가치를 알려준 내 첫 번째 취미였기에 더욱 애틋하다. 그 이후로 나는 여행을 다닐 때도 잊지 않고 그림 도구를 챙겨 다니고 집에서 쉬다가도 그림 생각이 나면 벌떡 일어나 손에 잡히는 대로 그려대기도 한다.

취미는 계속해서 생겨났다. 식물 키우기에 푹 빠졌을 때는 무려 20개에 가까운 화분을 손수 키웠다. 최근에는 홍차에 빠졌다. 산지별로 사들인 홍찻잎을 틴케이스에 습기제거제와 함께 소분해두고 기분에 따라 꺼내 마신다. 홍차도 맛있게 마시는 법이 있다. 물은 1L 이상을 끓일 것. 찻잎도 저울로 정확히 계량해서 마시면 좋다. 95도 이상의 물을 티팟에 담긴 찻잎 위로 때리듯이 부어 넣고 휴대폰 타이머로 3분을 설정한다. 시간이 되면 티팟에서 또 다른 용기(숙우)로 차를 옮겨두고 따뜻하게 해둔 찻잔에 부어 즐긴다. 차 한 잔을 마시는 일이 이렇게까지 복잡하다 보니 우리 집에 놀러온 친구들에게 차를 대접해줄 때면 귀찮지 않냐는 질문을 받기도 한다. 나는 진심으로 전혀 귀찮지 않다. 내가 홍차를 좋아하는 데에는 홍차뿐만이 아니라 홍차를 마시기까지 들이는 시간까지 함께 좋아하는 것이니까. 같은 이유로 커피도 원두를 직접 갈아 모카 포트에 끓여 마신다. 내 집에는 내가 손만 뻗으면 한 시간은 거뜬히 보낼 수 있는 것들로 가득 채워져 있다.

이런 나에게도 종종 극심한 심심함이 찾아온다. 아무것도 안 하고 카톡 프로필만 들여다보게 되는 날이 있다. 우리처럼 혼자 사는 이들에게 심심함(외로움)이라는 것은 피하기 어려운 숙제이기에 더욱 굳세게 단련할 필요가 있다. 정 하고 싶은 게 없는 날은 넷플릭스로 미국 드라마라도 틀어놓고 영어를 공부한다며 나를 올려치기도 한다. 글로 쓰다 보니 집에서 보내는 나의 시간이 다소 낭만적으로 읽힐지 모르겠으나 지금의 평화는 내가 시간과 격렬히 싸워 얻어낸 결과다. 손이 심심하면 외로워지기 쉽다는 것이 내가 알아낸 진리다. 그래서 나는 시간이 오래 걸리고 손이 많이 가는 일들을 좋아한다. 단, 집에서만.

그게 마음에 안 들면, 내가 하면 돼

서

영상을 전공했고, 영상 만드는 일을 업으로 삼고 있지만, 사실 내 몸과 마음을 전율시키는 것은 시각보다 청각적인 요소가 더 강렬하다. 내가 음악을 듣는 것뿐만 아니라 디깅(자신의 특색 있는 음악 플레이리스트를 짜는 것)하는 습관까지 갖게 된 이유는 너무나 아름다운 음악을 들었을 때의 카타르시스를 계속해서 경험하고 싶기 때문이다. 단 한 번도 들어보지 못한 화음이나 음악이 진행되는 소리가 귀에 울리면 끝없는 감탄이 나오곤 한다.

유년 시절 방에 가득 찬 책이 몇 권인지 세어본 적이 있다. 온갖 문학 전집, 위인전, 삼국지에 브리태니커 백과사전까지 세어보니 천 권이 넘어 세기를 포기했던 기억이 난다. 거기에 일주일에 한 번씩 집으로 책을 5권씩 배달해주는 구독 서비스도 이용하고 있었으니 책에 둘러싸여 컸다고 말해도 과언이 아니다. 물론 이러한 가정 교육의 기대에 부응할 정도로 책을 열심히 읽으며 컸다. 그러나 성장하는 서솔의 심장을 울리는 것은 활자도, 영상도 아닌 '이정현 3집 CD'였다. 집에 아무도 없는 날이면 CD 플레이어에 어디서 온 줄도 모르는 그 CD를 크게 틀고 고개를 까딱거리곤 했다.

가장 좋아하는 TV 채널 역시 MTV였다. 온종일 외국 음악이 흘러나오던 MTV 채널에서 자주 보였던 브리트니 스피어스와 크리스티나 아길레라를 동경했다. 그때 처음 '빌보드'라는 개념과 더 큰 세상에 더 큰 음악 시장이 있다는 것도 알게 되었다. 넓은 시장을 알게 되면서 자연스레 음악을 찾아 듣는 취미가 생겼다. 고등학생이 되며 빌보드 100 차트에 있는 음악은 전부 들어보는가 하면 세분화된 음악 장르를 찾아 떠돌았다. 이때 들었던 뉴에이지와 재즈 힙합은 아직도 좋아하는 장르다.

이렇게 음악 듣는 것을 좋아하지만, 애석하게도 영상을 다루며 음악에 대한 답답함을 느낄 때가 정말 많았다. 나뿐만 아니라 영상을 만드는 사람들이 가장 많이 답답해하는 순간 중 하나는 마음에 드는 음악을 발견하지 못할 때일 것이다. 이미 만들어진 하나의 영상에 어울리는 음악을 찾느라 시간을 할애하는 경우가 많다. 촬영된 영상 소스의 퀄리티와 별개로 음악이 영상에 미치는 영향은 아주 크다. 흔히 잘 만들어진 영상, 잘 편집된 영상을 이야기할 때는 시각적인 요소와 청각적인 요소가 조화롭게 구성되어있을 때다. 무성 영화가 아닌 이상, 아무리 잘 찍힌 영상이라도 소리가 뒷받침되지 못한다면 임팩트가 떨어질 수밖에 없다.

영상을 만들며 음악에 대한 갈증이 점점 커졌다. 컷을 붙여 나가면서 '이쯤에서는 고조되는 소리가 폭발하면 좋겠는데.'라고 생각해봤자, 컷은 이미 선택된 음악의 구성을 따라갈 수밖에 없었다. 어떤 때는 영상의 움직이는 이미지가 소리에 종속되었다고 느낄 만큼 소리가 결과물에 큰 영향을 받는 것 같았다.

그렇다면 마냥 답답해하기만 할 게 아니라 직접 만들어도 되는 것 아닌가? 할 수 있는 것들이 늘어나자 음악을 직접 만들고 싶다는 생각도 뭉게뭉게 커졌다. 그렇게 2020년 생일을 맞아 내 인생 첫 번째 미디 키보드를 나에게 선물했다. 초등학교 저학년 시절 체르니 30까지 친 이후로 접었던 피아노 건반을 다시 두드렸다. 실제 피아노는 아니었지만, 기계를 타고 흐르는 여러 가지의 전자음들이 뇌를 짜릿하게 했다.

분위기를 조성하는 트랙, 음을 구성하는 트랙, 박자를 쪼개는 트랙 등 다양한 소리를 직접 조합하는 것은 상상보다 더 재미있었다. 물론 새롭게 접하는 툴은 어려웠고 아는 게 아예 없다 보니 유튜브를 전전하며 지식을 습득하는 것은 벅찼다. 그러나 각기 다른 소리의 합을 모아 세상에 단 하나뿐인 창작물을 만들 수 있는 재료가 또 하나 생겼다는 사실이 무척이나 설렜다. 이젠 어떤 음악이 마음에 들지 않으면, 내가 직접 만들면 된다는 것 자체가 나를 기쁘게 했다.

물론 아직 왕초보 걸음마 단계이니 이미 완성된 음악과 절대적으로 비교하기는 어렵다. 때문에 이렇게 겉핥기식으로 할 줄 아는 게 무슨 의미가 있냐고 물을 수도 있다. 그러나 새로운 분야의 지식을 가진다는 건, 언젠가 나의 새로운 동력이 될 수 있는 잠재적 무기를 가진다는 것과도 같은 말이다. 내가 만든 음악이 필요할 때 언제든지 피아노를 꺼낼 수 있다는 것. 별것 아니어 보이는 소소한 취미일지라도, 역시 일단 가져보는 게 중요하다는 생각을 오늘도 해본다.

돈이 뭐길래

(강)

"너도? 야, 나도!"

대한민국의 모든 여성이 사이좋게 빠졌던 욜로의 파도에 나
도 몸을 내던졌다. 그런 유행에는 빠질 수 없었다. 당시의 나는
프리랜서로 일하며 한 달에 많게는 250만 원에서 적게는 한 푼
도 벌지 못하는 달이 있을 정도로 벌이가 들쑥날쑥했다. 적게
버는 달은 많이 벌었던 달에 비축해두었던 돈을 야금야금 빼
먹으며 그럭저럭 생활했다. 내가 제일 좋아하던 문장은 '티끌
모아봐야 티끌이다.'였다. 더 벌어볼 생각도 더 모아볼 의지도
없었다. 욜로라고 하기보다는 일본의 '프리터족(free arbeiter, 필
요한 돈이 모일 때까지만 아르바이트로 일하는 사람)'에 가까운 사

람이었던 것 같다. 그때의 나를 돌이켜 생각해보면 마치 내 의지가 아니라 그저 살아지니 살아가는 사람처럼 무슨 일에도 의욕이 없었다. 딱히 목표가 없었기 때문일까.

수중에 있는 80만 원을 전부 들고 치앙마이로 여행을 떠났던 적이 있다. 지금 생각하면 정말 미친 짓이었지만 그때는 그렇게 사는 것이 관성이 되어 그다지 미친 짓인 줄 몰랐다. 이런 걸 젊은 날의 패기라고 하는 걸까? 가진 건 쥐뿔도 없으면서 멋에 취해 배낭까지 사 들고 호기롭게 여행을 떠났다. 대책 없이 떠난 여행이 당연히 즐겁기만 할 수 없었다. 사람들이 여유를 찾아 떠난다는 치앙마이를 2주 넘게 여행하면서도, 단 한순간도 완전히 편한 마음으로 즐길 수가 없었다. 틈만 나면 '다음 달 월세는 어떡하지?'부터 시작해 현실의 악몽들이 줄줄이 따라왔다. 사실 디폴트립 때도 크게 다르지 않았다. 그때도 소소한 비상금 정도만 남기고 가진 돈을 거의 다 털어 유럽 여행을 떠났다. 그렇지만 여행지에서는 언제나 예상 밖의 돌발 상황이 생기기 마련이다. 여행 3일 차에 휴대폰을 소매치기 당했다. 또 하나 계산하지 못했던 것은 귀국 다음 날 있을 절친한 고향 친구의 결혼식이었다. 휴대폰이 없으니 터미널에서 겨우 대구행 버스 티켓을 끊어 고향인 대구로 향했다. 그날 축의금을 내고 새로 휴대폰을 구입하고 나니 수중에는 땡전 한 푼도 남지 않았다. 그로부터 2일 후 친구들과 함께 작업실을 구하는데, 보증금 300만 원을 우리 셋이서 각자 100만 원씩 부담하자는 이야기가 나왔지만 내겐 그 100만 원이 없을 정도였다. 결국 서솔에게 사정을 말하고 하말넘많 공금 통장에 있던 100만 원을 빌려 써야 했다. 서솔에게 미안하기도, 고맙기도 했지만 사실은 못내 자존심이 상했다. 이십 대 후반인데 수중에 100만 원이 없다니. 그 돈도 없는 나를 서솔은 뭐라고 생각했을지, 마음에 굴을 팠다. 그게 2019년 3월이었다.

그러던 내가 각성한 건 바로 다음 달인 4월에 발행한 '비혼 여성 경제백서' 콘텐츠 덕분이었다. 사연을 받아 진행된 '자력'으로 전셋집을 구하거나 아예 집을 산 비혼 여성들의 경제 이야기였다. 그때까지 나는 혼자 힘으로 집을 구하려면 특별히 돈을 많이 벌거나 또는 모부님의 지원이 있었거나, 나와는 환경이 다른 상태에서 시작을 하진 않았을까 하는 생각을 가지고 있었다. 그런 의심을 가지고 열어본 사연 메일에는 특별한 것이 없었다. 말 그대로 내 삶과 크게 다르지 않은 평범한 여성들의 이야기였다. 남들이 나와 다른 환경에서 수월하게 돈을 모으고 있을 것이라는 생각은 나의 자격지심이었다. 어떤 사람들은 나보다 훨씬 열악한 상황에서도 '티끌'을 모아 이미 전세를 구해 살고 있었다. 뭔가 TV에서 연예인들이나 나보다 훨씬 나이가 많은 이들이 아닌 나와 비슷한 나잇대의 평범한 여성들에게 듣는 돈 이야기는 충격적이었다. 욜로도 빠지는 사람만 빠지는 것이었구나.

그때부터 많은 것들이 바뀌었다. 가장 먼저 이사를 했다. 고정 지출 중 가장 큰 부분을 차지하던 월세와 멀리 경기도에서 서울로 출퇴근하다 보니 지출하게 되는 교통비가 상당했다. 온갖 전세대출을 알아보고 결국 LH 청년전세대출을 이용해 자기부담금 200만 원으로 서울에 있는 1억 2천만 원짜리 전셋집에 들어갈 수 있었다. 대출이자가 첫 해는 27만 원, 두 번째 해부터는 18만 원이었으니 고정비를 상당 부분 줄일 수 있었다. 또 작업실에서 집까지 걸어 다니거나 서울시 공유 자전거 따릉이를 타고 다니며 교통비를 크게 줄였다. 솔직해지자면, 그것보단 역시 돈 벌 궁리를 제일 열심히 했던 것 같다. 누가 그러던가. 돈 모으기에 최고인 방법은 역시 수입을 늘리는 것이라고. 그 말을 맹신하며 작은 일도 마다하지 않고 열심히 일했다.

최근 누군가 내게 돈을 모으는 데 동기부여가 되는 것이 무엇이냐 물어온 적이 있다. 몇 년 전의 나였으면 분명히 여행을 가기 위해 돈을 번다고 대답했을 것이다. 뒷일은 크게 고민하지 않고 여행하듯 사는 것이 내 꿈이었으니까. 지금의 나는 자연스럽게 '집'이라고 대답했다. 이전까진 월세에 살았고 지금은 국가에서 돈을 빌려 전셋집에 살고 있으니 다음에는 오롯이 내 힘으로 전세 이동을 하고 싶다고. 누구에게나 집은 의미가 있겠지만 내겐 조금 더 특별하다. 고백하자면 하말넘많을 막 시작했을 때만 해도 그 해가 지나고 월세 계약이 끝나면 나는 고향집으로 내려가려 마음먹은 상황이었다. 내가 고향을 떠나 이곳에서 해왔던 모든 활동과 내가 배웠던 모든 것들을 내려놓고 아주 내려갈 작정이었다. 욜로의 끝은 역시 쓴맛이었다. 항상 고향집을 마지막 도피처쯤으로 정해두고 '이도 저도 안 되면 내려가야지.' 같은 비겁한 생각을 품고 살았다. 이제 도피처는 필요 없다. 뿌리내릴 안식처가 필요할 뿐이다. 어디에도 뿌리를 내리지 못한 채로 오랜 시간 방황했으니 이제는 내가 발디디고 있는 이곳에 뿌리를 내릴 차례였다.

이제는 내 몸을 조금 더 안정적인 집으로 옮겨 놓기 위해 열심히 돈을 벌어볼 작정이다. 내 힘으로 전셋집에 가기 위해, 내 집을 가지게 되는 날까지, 계속해서 더 나은 조건으로 나아가기 위해, 열심히 살아 보려 한다. 내 한 몸 건사해야 한다는 책임감을 가뿐히 배낭처럼 둘러메고서.

이왕이면 1종

(서)

고소공포증이 있다. 자본주의 사회에서 성공한 모습은 으레 초고층 빌딩의 꼭대기에서 아래를 내려다보는 장면으로 표현되지만, 나의 경우에는 다르다. 수직선을 따라 위로 올라가고 싶은 마음보다 막연히 넓은 수평선을 떠올린다. 어렸을 때는 에버랜드에 가서 롤러코스터를 타는 자매의 안위를 걱정하며 울었다고 들었다. 그만큼 탈것을 무서워한다. 난기류에 요동치는 비행기 안에서 눈물을 터뜨려 본 적도 있을 만큼, 중력에 의존하는 편이다.

차를 운전하다 절벽 아래, 논두렁 아래로 굴러떨어지는 꿈을 꾼 적도 많다. 꿈이란 것은 대부분 자고 일어나면 잊어버리기 마련인데, 운송수단에서 떨어지는 것은 꽤 자주 경험한 덕에 유형화되어있다. '운송수단 꿈' 유형의 정해진 결말은 평화롭게 운전을 하다가, 내 차가 어딘가로 넘어진다는 것이었다. 내가 아는 길을 따라 멀쩡히 가던 자동차가 삐끗하며 떨어져 버린다. 그러면 나는 놀란 채로 잠에서 화들짝 깼다. 그리고 어이없어했다. '무면허 주제에…. 이런 꿈을?'

면허도 없는 사람이 어떻게 이런 꿈을 꿀 수 있을까. 그런 꿈을 꿀 때마다 황당했다. 그리고 이내 황당함은 두려움으로 바뀌었다. '역시 나 같은 사람은 운전하면 안되나 보다. 어떻게 면허도 없는데 운전하는 꿈을 꾸지?' 떨어지는 찰나의 감각은 영화 〈델마와 루이스〉의 마지막 장면처럼 긴 여운을 남겼고, 복잡한 서울 시내를 거쳐 '역시 면허 따지 말아야지.'라는 결론으로 나를 밀어버렸다. 앞으로 남은 인생이 얼마나 길든 운전은 내 인생에 없을 것이라고 믿었다.

여기까지 읽었을 때 충분히 예상 가능한 반전이겠지만, 지금 나는 1종 보통 면허를 딴 지 11개월 차인 면허 보유자다. 강민지의 코치 덕분에 태안반도에서 서울로 올라오는 고속도로도 운전해 본 경험이 있는, 반(半) 장롱 면허가 지갑 안에서 잠을 자고 있다. 물론 아직도 흔들리는 차체를 직접 운전한다는 사실이 겁이 나기도 하고, 황송하기도 하다. 누구나 면허를 딸 수 있는 시대이지만 스스로 '내 인생에 운전은 없을 것'이라고 굳게 믿었던 세월이 너무 길었기 때문이다.

이 세월에 지각 변동을 일으킨 것에는 두 가지 요소가 있는데, 첫 번째는 '미안한' 마음이고 두 번째는 '권리 행사'에 대한 자각이었다. 전자인 미안함은 강민지에 대한 것이었다. 하말넘많 채널의 콘텐츠 제작이나 오프라인 행사를 다닐 때 드문드문 차를 운전해야 하는 상황이 있었다. 가장 처음은 2018년 12월 24일 우리의 첫 번째 토크 콘서트 날이었는데, 몸살이 나서 기절한 내가 강민지의 렌터카에 실려서 행사장으로 갔다. 그때 처음으로 운전할 수 있는 사람에 대한 고마움을 느꼈다. 엄마, 아빠가 운전하는 것은 당연하게 여겼기에 그에 대한 고마움이라는 것을 생각해 볼 겨를이 없었다. 모부님의 면허는 의문이나 신기함을 가질 필요가 없는 필수재였다.

하지만 성인이 된 이후, 함께 일하는 사람들을 두 분류로 나눌 수 있다는 걸 알게 됐다. 면허 보유자와 미보유자. 다행히도 강민지는 면허 보유자였다. 캠핑하러 다니는 콘텐츠 '텐트 하우스'도 그의 운전 덕분에 제작할 수 있었다. 2019년 제주도에서 촬영한 여러 가지 영상들, 토크 콘서트 모두 그가 액셀을 밟을 줄 안다는 전제에서 출발했다. 종종 기업 채용란에 적힌 '운전 면허 보유자 우대' 조건이 무엇인지 이제는 안다. 운전을 할 수 있다는 것은 일과 인생의 가능성을 넓히는 일이다.

운전하지 못하는 것이 동행인에게 미안해지기 시작할 무렵, 그제서야 인생 처음으로 '면허를 따야겠다!'라는 확신이 들었다. 당시 코로나가 전국에 퍼지기 시작했지만, 면허 학원을 등록했다. 더는 미룰 수 없었다. 면허를 따겠다는 지각 변동의 핵에 서 있으니, 내가 놓치고 있던 두 번째 감각이 비로소 느껴졌다. 내가 원하는 때에, 원하는 곳에 갈 수 있다는 능동적인 권리였다. 앞서 언급했던 영화 〈델마와 루이스〉 역시 두 주인공이 운전할 수 있다는 대전제에서 출발한다. 해당 영화는 '운전할 수 있는 여성'이 주연이라는 점에서도 페미니즘적인 메시지를 던진다. 주인공 델마가 폭력적인 남편으로부터 탈출하고, 루이스가 델마를 성폭행하려던 남자를 죽인 현장에서 벗어날 수 있었던 것 모두 주체적으로 가려는 곳을 설정할 수 있는 운전 실력 덕분이다.

거기에 영화 〈터미네이터: 다크 페이트〉의 주인공 그레이스와 사라 코너는 수동 기어로 추격전을 벌인다. 사소한 지점으로 생각할 수도 있지만, 영화 속 운전 장면은 그들이 수동 기어 운전을 할 수 있다는 캐릭터 설정에 기반을 둔다. 그래서 나도 생각했다. '이왕이면 1종을 따야지.' 인생에서 내가 갈 수 있는 길을 직접 설정하고, 가능성을 넓히기 위해서라면 더 큰 확장성을 가지는 1종을 따는 것이 맞다고 생각했다. 운전면허 학원의 강사에게 "1종은 뭐하러 따요?"라는 말을 당연히 들었으나, 전혀 개의치 않았던 것은 가능성에 대한 확신 때문이었다. 떨어질 수도 있다는 불안감이 없었다고 하면 거짓말이지만, 결과는 필기와 기능, 도로주행 모두 한 번에 합격이었다. 그리고 신기하게도, 면허 취득 이후 운전하다 굴러떨어지는 꿈을 더 이상 꾸지 않는다.

꿈을 꾸는 대신 꿈 같은 주행을 했다. 고속도로를 달릴 때는 시속 100km의 속도로 운전을 하고 있다는 사실에 어안이 벙

벙했다. 지금 꿈을 꾸고 있는 건가? 사실감이 잘 들지 않았지만, 꽤 짜릿하기도 했다. 운전하는 것의 재미를 깨달은 순간부터 기회만 되면 핸들을 건네받고 싶어 엉덩이가 들썩거렸다. 초심자의 즐거움일 수도 있겠으나, 그 재미를 흡수해버린 순간부터 나는 운전 면허 전도사가 되었다. 면허 후기 콘텐츠를 올리고, 면허를 따지 않은 지인에게 하루라도 어릴 때 따라는 훈수를 두기까지 했다. '내가 가고 싶은 곳을 갈 수 있다'는 가능성과 즐거움을 이 땅의 모든 여성이 하루빨리 알았으면 한다. 늦게 배운 도둑질이 무섭다더니, 늦깎이 합격생은 오늘도 '늦었다고 생각할 때가 진짜 늦었다.'라며 무면허 여성들에게 진심 어린 훈수를 둔다. 빨리 면허 따세요!

꼭 야망이 있어야 하나요?

(강)

처음으로 여성들 사이에 야망이라는 키워드가 떠올랐
을 때를 기억한다. 그때까지 내가 그 단어를 주로 접했던 건 드
라마 페이지의 등장인물 소개란이었다. 그러니까 주로 회사를
두고 경영권 경쟁을 하던가 사극의 경우에는 나라를 두고 전쟁
을 하는 정도의 규모였다. 그에 비해 내 욕망은 소박하기 그지
없는데 야망이라는 단어를 붙여도 되는 건가? 참으로 미쓱했
다. 실제로 처음에는 단어 자체에 반감을 느끼는 여성들도 많
았다.

'야망: 크게 무엇을 이루어 보겠다는 희망'

단어와 심리적 거리가 멀어서 그랬지 사전적 의미로만 생각
하면 나는 이미 대단한 야망가였다. 다만 야망을 이루는 데 필
요한 노력을 하지 않는 '아가리 야망가'라는 것이 문제였다.

종종 대학교나 여러 단체의 초청으로 강연을 하기도 한다.
보통 1부, 2부로 나뉘어 1부에는 강연을 진행하고 2부에서 포
스트잇 토크로 마무리한다. 질문은 때마다 다르다. 페미니스트
로 정체화한 계기를 묻기도 하고 '비혼이라고 하니 이런 말까
지 들어봤다.'와 같은 가벼운 질문을 던지기도 한다. 대학교 강
연에서는 현재 가지고 있는 고민에 대해 자주 물어보는 편이
다. 그럼 질문이 보통 3가지 유형으로 나뉜다.

1. 친구, 연인 등 관계에 대한 고민
2. 가족과의 갈등
3. 미래에 관한 고민

앞에서 말했던 '야망'에 대한 질문이 3번 유형에 해당한다.
그 중 아직도 기억나는 고민 내용이 하나 있다.

"저는 야망이 꼭 필요한지 모르겠어요. 그냥 적당한 곳에 취직해 적당히 다니다가 적당히 퇴직해서 평범하게 살고 싶어요. 제가 이상한 건가요?"

나는 이 질문에 어떻게 이야기할까 고민하다가 그냥 솔직하게 말해주기로 했다.

"여성으로 태어나서 적당한 곳에 취직하고 회사 생활 하다가 적당히 퇴직하고 평범하게 사는 것 자체가 미션입니다. 이 사회에 뿌리내리고 버텨보겠다는 생각 자체가 야망 없이 이루어내기 어려운 문장이에요."

슬프지만 사실이었다. 나는 여성에게 '평범하게' 사는 것이 뭘까 고민했다. 지금껏 한국 사회에서 여성이 '평범하게' 사는 것은 이런 것이었다. 적은 임금을 벌어 비싼 월세를 내고 결혼 적령기가 되면 적당한 남자를 찾아 결혼하고 출산해 육아하다 보니 어느 순간 경력이 단절되어 버린 삶. 여성들이 비혼 선언을 하고 머리를 짧게 자르고 화장을 하지 않게 되자 숱한 어른들이 우리에게 했던 "남들처럼 평범하게 살아."라는 말에 저런 의미가 담겨있었다. 이미 어느 정도 정해져 있는 사회가 정해준 길을 걷지 않겠다고 선언하는 것 자체가 사실 야망이 필요한 것이었다. 어쩐지 '평범하게 사는 게 최고'라는 문장에 배신감이 느껴졌다.

"비혼으로 살면 어찌나 심플한지 몰라요. 나만 생각하면 되거든."

언젠가 영상에서 이런 말을 한 적 있다. 반은 맞고 반은 틀렸다. 마음이 가뿐해지는 것은 사실이다. 남편과 자녀 없이 내 인생만 생각할 수 있게 되면 세상사 모든 일이 굉장히 간단해진다. 그러나 현실적인 문제에서는 틀린 말이다. 2020년 9월 기사에 따르면 수입, 소비액, 대출 금리, 보증금, 월세 등이 변동 없는 상황에서 순수 저축만으로 자산을 축적한 것으로 가정했을 때, 신혼부부가 월세 생활을 하며 서울 내 '내 집 마련'에 필요한 자금을 모으기까지 걸리는 시간은 약 34년으로 계산된다. 그럼 미혼 가구는 어떨까? 같은 조건일 때 약 63년이 필요하다. (전세 생활을 기준으로 계산하면 평균 10년 이상 줄어들 수 있다.) 여기서 63년을 순순히 받아들여서는 안 된다. '미혼 가구'

에는 여성과 남성을 모두 합친 급여 평균이기에 남성보다 약 40% 적은 급여를 받고 일하는 여성들은 63년+a인 셈이다. 80년쯤 되려나?

그러니 평범하게 남들처럼 내 집 마련을 하려면 어중간한 의지로는 어려운 일이다. 그렇지만 절망할 것도 없다. 80년의 시간을 줄여나갈 방법은 많이 있으니까. 남편 말고도 인생의 동반자는 있을 수 있으니 누군가와 함께 모으면 반으로 줄어들어 40년, 거기에 월세가 아닌 전세 생활을 하면 또 몇십 년 줄일 수 있겠고 저축과 더불어 주식으로 소득을 늘려나가면 또 몇 년, 부업을 통해 부수입을 늘려나가면 또 몇 년. 쉽진 않겠지만 안될 것도 없다. 이미 세상엔 혼자 힘으로 자가를 가진 여성들이 존재를 드러내고 있다. 지금의 현실이 시궁창같이 느껴질 수 있으나 시궁창에도 볕 들 날은 있으니. 포기하지 않는 의지가 중요하겠다.

가짜 권력

서

화장을 잘한다는 말이 최고의 칭찬처럼 느껴지던 때가 있었다. 그 말 안에 '너는 너를 가꿀 줄 아는, 스스로에게 투자하는 멋진 여성이구나.'라는 뜻이 포함되어 있다고 생각했기 때문이다. 20대 중반에 접어든다는 것은 다양한 시도 끝에 자신의 피부에 맞는 파운데이션 호수와 얼굴 톤을 환하게 밝히는 립 컬러 정도는 알아야 하는 나이대였다. 여자 나이 25살이면 꺾인다는데, 그 꺾임을 최대한 늦추기 위해서는 나의 퍼스널 컬러가 무엇인지 정도는 필수적으로 알아야 한다고 생각했다.

채널을 개설하고 진행했던 첫 번째 라이브에서 탈코르셋(사회적으로 만들어지고 부여되는 '사회적 여성성'을 거부하는 일체의 행위) 전 자신의 컨셉에 대한 이야기를 시청자들과 나눈 적이 있다. 정말 신기했던 것은 저마다 각자의 컨셉이 있었다는 것이었다. 조신하지만 남자를 데리고 노는 컨셉부터 그 단어 자체로는 잘 이해가 안 되는 미국 동부 농부까지, 기상천외한 컨셉을 담은 고해 성사가 줄줄이 이어졌다. 물론 나 역시도 컨셉이 있었다. '꾸안꾸(꾸민 듯 안 꾸민 듯 꾸민 상태)'였다.

다른 사람에게 예의 없다고 지적당하지 않을 만큼 화장을 잘해야 하는 나이의 여성이지만, 또 반대로 열과 성을 다해 꾸민 티를 내서는 안 됐다. 자칫 선을 넘었다가는 꾸미는 데만 열중하며 일과 자기 계발을 소홀히 하는 '김치녀' 혹은 '된장녀'가 될 수도 있었기 때문이다. 내 경우에는 몇 날 며칠 밤을 새우는 촬영장에서도 피부 화장만큼은 놓칠 수 없었다. 촬영장 근처 숙소에서 2시간을 자고 나갈 수밖에 없는 강행군에서도 얼굴에 CC크림을 바르고 눈썹을 그린 뒤 나서는 촬영팀 선배 언니를 보며, '역시 저 정도는 해야 하는구나.'라고 생각했다.

화장했지만 하지 않은 것처럼 보이는 '투명 메이크업'이 열풍이었다. 집 앞에 갑자기 남자친구가 찾아왔을 때 하는 메이크업, 집 근처 마트를 갈 때 하는 메이크업 등 파생 상품은 다양했다. 파생 상품들은 당연히 각기 다른 화장품 구매를 권유했다. 이른바 나를 위한 선택. 20대 여성의 본분을 이행하는 마음으로 로드숍 세일 달력을 저장한 뒤 때에 따라 알맞은 제품을 구매했다. 화장을 잘하는 것도 엄연한 능력이니, 좋은 도구도 필수였다. 좋은 화장품뿐만 아니라 몇천 원짜리 퍼프에서 눈썹 정리 칼, 마스크 팩까지. 가랑비에 옷 젖듯 수시로 돈이 나갔다.

분명 그때는 '이 정도면 꾸밈에 최소한의 비용을 쓰는 합리적인 화장품 구매자'라고 생각했다. 능력 있는 '커리어 우먼'이 된 이후에는 로드숍이 아닌 백화점 1층의 제품들로 신분 상승을 하겠다고 다짐했다. 그러나 얼굴을 인위적으로 만들어 내는 꾸밈 노동을 전면적으로 거부한 지금 생각해보면 그저 안타깝고 억울하다. 피부를 인위적으로 가리고, 눈썹의 빈 공간을 채우고, 눈을 커 보이게 하는 아이라이너를 그리고, 눈두덩이에 반짝이는 펄을 얹어놓고, 얼굴의 윤곽을 살리기 위해 셰딩을 했다. 그에 그치지 않고 이 모든 과정이 잘 먹기를 바라며 밤마다 마스크 팩을 얹었다. 여기에 들어간 나의 시간, 많은 돈은 다

무엇을 위한 것이었을까?

한국 사회를 살아가며 '탈코르셋' 개념이 쉽게 받아들여지는
여성은 매우 드물 것으로 생각한다. 온 미디어에서 날씬하고
예쁜 여자를 선망의 대상으로 만들기에 당연하다. '예쁜 여자
는 고시 3관왕'이라는데, 여자로 태어나 그 권력에 도전해보지
않을 이유가 없었다. 탈코르셋이라는 개념을 접하고 나 역시도
'그렇게까지…? 나는 화장하는 데 10분밖에 안 걸리는데?'라고
생각했다. 나는 나를 위해서 꾸미는데, 내가 좋아서 꾸미는데,
누굴 위해서 꾸미는 게 아닌데. 꾸밀 자유가 있는데도 화장을
하지 않고 머리카락을 자른다니, 너무 극단적이라고 생각했다.
그래서 하말넘많의 첫 영상에는 플럼 색깔 립스틱을 바르고 버
스 손잡이만 한 귀걸이를 한 채 아이라이너를 짙게 그린 서솔
이 나온다. 한참 뒤 채널을 정주행하는 구독자들은 전생인 줄
알았다며 댓글을 달았다.

그러나 그 영상이 올라가고 한 달 정도가 지난 뒤, 지금 여자
중고등학생들의 교복에는 틴트 주머니가 달려 나온다는 사실
을 들었다. 너무 충격적이었다. 학생들에게 틴트가 기본이라고

알려주는 세상이 되어버린 것이다. 거기에 유아 전용 팩트와 틴트의 존재까지 알게 된 이후에는 더 이상 그 사실을 모르던 때로 돌아갈 수 없었다. '내가 화장을 하는 데 10분밖에 안 걸리기까지, 얼마나 많은 시간을 쏟아부었을까?', '긴 머리카락은 누굴 위한 것인가?' 이런 생각이 들자, '파데 유목민(자신에게 맞는 파운데이션을 찾기 위해 여러 제품을 사용해보는 사람)'이었던 내가 정답을 찾기 위해 들였던 돈과 시간이 화장대 위에 폭탄처럼 쏟아졌다.

누구든 화장할 자유가 있다면 화장을 하지 않을 자유도 있어야 하지만, 아직도 세상은 맨얼굴의 여자에게 '무슨 일이 있냐'며 걱정한다. 그리고 화장하지 않는 특별한 이유를 묻는다. 여자의 머리카락이 길 자유가 있다면 짧아도 될 자유가 있어야 하지만 쇼트커트의 여자에게는 무례한 질문을 동반한 사상 검증이 쏟아진다. 평등한 세상이 아니다. 여성이 선택의 자유를 가지기 위해선 화장을 한, 머리카락이 긴 여성이 기본값이 아님을 끊임없이 외치고 증명해야 한다. '이런 여자도 있다'라는 걸, 그리고 많다는 걸 보여줘야 한다. 그 사실을 깨달은 나는 긴 머리카락을 자르고 화장품을 버렸다. 해방이었다.

나는 거울 앞에서 내 얼굴의 단점을 찾고, 그것을 최적의 형태로 가리고 커버하는 데 너무 많은 시간을 보냈다. 비혼주의자로서 커리어 우먼이 되겠다는 다짐과는 별개로, 메이크업 리무버 티슈 한 장이면 지워지는 권력을 얻고자 너무 많은 노력을 했다. 그래서 나는 나이가 들면, 머리카락이 짧아지면, 파운데이션이 없으면 벗겨지는 권력을 더 이상 갈망하지 않기로 다짐했다. 내 얼굴은 있는 그대로의 얼굴일 뿐이고, 내 몸은 그냥 몸 그 자체임을 받아들였다. 그리고 나서야 거울 속에 서 있는 내 자신이 보였다. 누군가에게 욕망의 대상이 되는 게 아니라, 스스로의 욕망을 찾아 나설 수 있게 됐다. 페미니즘이 선물한 '꾸미지 않을 자유' 덕분이었다.

PART
4

우리는 함께
내일로 간다

렌더링 100%

서

렌더링(rendering)이란 컴퓨터 그래픽 용어로, 컴퓨터 프로그램을 사용하여 모델 또는 이들을 모아놓은 장면인 씬 파일(scene file)로부터 영상을 만들어 내는 과정을 말한다. 렌더링이라는 용어를 쓰는 프로그램은 다양한데, 내가 가장 좋아하는 프로그램은 Cinema 4D다. 실제로 존재하는 중력값과 물리적인 힘을 사용하여 다채로운 모션을 만들 수 있을뿐더러 멋스러운 재질을 비교적 쉽게 제작할 수 있기 때문이다. 프로그램을 사용한 지 어느덧 6년 차에 접어들었다.

C4D 학원에 다니겠다고 마음을 먹은 건 이제 새로운 영상 기술을 가질 때가 되었다는 맹목적인 믿음 때문이었다. (그즈음

촬영 현장에 더 이상 나가지 않겠다고 다짐했다.) 사실 그렇게 가진 능력을 어떻게 써먹겠다는 원대한 꿈이 있지는 않았다. 한 달에 약 120만 원을 내면서까지 학원에 다녀야 하는지 의심스러웠지만, 일주일 내내 툴을 배우고 사용했다. 프리랜서로 살아가겠다는 대단한 결심을 학원으로 증명하려는 이상한 심리였다.

C4D는 프로그램을 실행하고 나면 여느 편집 툴과 마찬가지로 아무것도 없는 빈 화면이 나를 반긴다. 다른 점이 있다면 프리미어 프로나 파이널 컷과 같은 영상 컷 편집 프로그램보다 더 큰 무기력감을 준다는 것. X,Y,Z축으로 구성된 3D공간은 '여기서 뭘 해볼 수 있을까? 너 뭐 해볼래?'라고 도발하는 느낌도 든다. 영상 편집은 촬영된 소스로부터 시작되지만 막막한 이곳엔 아무것도 없다. 세 개의 화살표 앞에서 '백지의 공포'라는 단어를 정말 자주 떠올렸다.

그러나 다양한 오브젝트들을 조합하여 하나의 장면을 만든 뒤에 찾아오는 희열은 대단하다. 보통 C4D에서는 한 장의 프레임을 모두 다른 이미지 파일로 저장하는데, 10초짜리 영상을 만들어 렌더링을 걸면 1초에 30장, 즉 300장짜리 이미지 파일이 렌더링이 된다. 화면 안의 물체에 움직임을 주거나 외부에 효과를 주었다면 300장의 모든 순간이 각기 다른 파일이다.

"렌더링 100%" 렌더링이 완료되었다는 녹색 사인이 뜨면 저장된 폴더로 부리나케 가서 300장의 파일을 확인해본다. 실시간으로 렌더링 화면을 확인하는 방법도 있는데, 때로는 완성되는 화면을 넋 놓고 지켜볼 때도 있다. 그럴 때는 사실 화면에 취한 상태다. 서서히 렌더링 되는 화면을 아무 말 없이 지켜볼 때는, 남들에게는 비밀이지만 '이건 진짜 잘 만들었다. 대박이다.'라고 속으로 생각하고 있을 때다.

확신 없이 배웠던 툴이지만, 결국엔 C4D로 하말넘많 초창기 인트로를 만들고, 스튜디오 포비피엠에서 진행한 전시를 포함한 몇 차례의 전시도 했다. 대단한 예술적 세계관을 펼치는 건 아니지만, 적어도 원하는 때에 원하는 주제와 여성의 삶에 대해 말할 수 있는 도구라는 점에서 이 툴은 내게 큰 의미가 있다. 특히 아트 이미지를 만들 때는 그 시기에 내가 겪는 어려운 점을 주제로 잡아 이미지를 만들고, 그것을 통해 극복하기도 한다. 현실에 실재하는 것들을 가상 현실로 불러내 그 자체를 현실에 없던 일로 버무려 내는 것이다.

도형을 놓고, 피사체를 만들고, 하늘을 심은 다음 빛의 각도를 조절하는 단계를 거치면 내가 원하는 그림을 얼마든지 만들 수 있다. 구름으로 하늘의 몇 퍼센트 정도를 채울 것인지, 햇빛 반사는 얼마나 시킬 것인지, 그림자 강도는 어떻게 할 것인지 세세하게 모든 것을 컨트롤하고 나면 나만의 세계가 완성된다. 모든 요소를 직접 조합하여 창조되는 새로운 세계는 현실에서의 나를 다른 곳으로 인도한다. 유튜브 인트로로, 전시회에서 쓰일 작품으로, 공연 영상으로 렌더링 되는 이미지들은 계속해서 성취의 밑거름이 된다.

물론 현실에서 나를 둘러싼 모든 것들을 내가 조정한다는 건 불가능한 이야기다. 비가 오는 날엔 신발이 젖어야 하고, 태양이 뜨면 그림자를 숨길 수 없다. 그러나 C4D 안에서 몇 가지 요소들을 직접 조합할 수 있는 것처럼, 적어도 현실의 가능성은 스스로 넓힐 수 있어 감사하다. 삶을 살아가며 가지게 되는 능력과 얻게 되는 새로운 인연, 그리고 그 인연들의 새로운 조합 덕분에 나의 X,Y,Z축은 오늘도 확장되고 있다.

내가 놓쳤던 마이크

ⓐ 다큐멘터리를 그다지 좋아하지 않았지만, 다큐멘터리 감독이 되길 꿈꿨다. 영화를 전공하던 학부 시절 주류는 단연 극영화였다. 모두가 극장에 걸리는 영화를 만들려고 학교에 모였고 커리큘럼도 거의 극영화에 맞춰져 있었다. 다큐멘터리 수업은 마치 구성만 맞춰주듯 4년을 통틀어 하나뿐이었다. 나도 주류를 충실히 따르며 많은 단편 영화에 스태프로 참여했다. 당연히 나도 내 영화를 만들고자 했다. 그런데 문제는 돈이었다. 학생 영화라고는 하지만 적게는 몇백만 원부터 크게는 수천만 원을 들여 영화를 찍는 선배들을 보며 나는 지레 뒷걸음질 쳤다. (그들 영화의 투자자는 그들의 모부님인 경우가 많았다.) 내게는 그럴 용기가 없었다. 그래서 내가 선택한 게 다큐멘터리였

다. 내가 부지런하게 움직이면 몸으로 때울 수 있는 부분이 많다고 생각했다. 뭐든 적은 예산을 들이길 선호하는 내 성향은 이번에도 발동해 가성비를 따지며 전공을 선택했다. 시작은 불순한 의도였다는 걸 인정한다.

가장 개인적인 이야기가 가장 보편적인 이야기라고 했던가. 교수님은 줄곧 나의 문제에서부터 출발점을 찾아야 한다고 가르치셨지만, 그땐 그게 무슨 말인지 이해를 못 했다. '내 문제가 뭔데?' 의사가 어디가 아프냐고 물으면 일순간 머리가 하얘지는 것처럼 좀처럼 갈피를 잡을 수 없었다. 그렇게 나의 첫 번째 다큐멘터리는 엉뚱하게도 편의점 업계에 대한 이야기였다. 무슨 이야기를 해야 하는지 모르는 상태에서 결과물을 내야 한다는 강박에만 갇힌 채로 생뚱맞은 다큐멘터리를 만들어버렸다.

그리고 한참이 지나고 내가 페미니스트로서의 정체성을 명확히 하고 나서야 내가 왜 실패했는지 알 수 있었다. 그때의 내 문제의식 속에는 '여성'이 없었다. 내가 여성임에도 여성임을 눈치채지 못하고 나의 문제에서 그 부분만 쏙 뺀 채로 문제 제기를 하려니 헛발질만 할 수밖에. 너무나도 예견된 실패였다. 나만 그랬던 건 아니었는지 내가 한창 다큐멘터리 작업을 할 때 쯤 동료 여성 감독들은 시사적인 성격이 강한 다큐멘터리보다 주로 자전적 성격이 많이 담긴 사적 다큐멘터리를 많이 만들어 냈다.

내가 〈천에오십반지하〉의 후반 작업을 하고 있을 때 이런 문제점을 어렴풋이 인지했다. 주거에 관련한 사회적 시스템을 이야기하는 다큐멘터리에서 여성의 관점을 쏙 빼고 작업을 하고 있었다. 그때부터라도 편집하는 과정에서 방향을 고쳐 잡을 수 있는 부분이 분명히 있었지만 나는 그러지 않았다. 여성인 내가 여성의 이야기를 하는데 겁을 먹었다. 내가 여성이며 다큐멘터리를 만들고 있는 당사자임에도 불구하고 '내가 어떻게 여성의 이야기를 할 수 있지? 나는 여성에 대해 잘 모르는데? 페미니스트 대신 내가 말해도 되는 걸까?' 하는 생각이 지배적이었다. 마치 합격 목걸이가 주어져야만 발화할 수 있을 것 같은 느낌. 이런 과정 때문에 여성들이 본인을 페미니스트로 정체화하기까지 오랜 시간이 걸린다는 것을 알고 있다. 그러나 여성이 페미니스트가 되는 것에 필요한 자격은 없다.

그리고 또 하나, 이것이 그저 '내가 겪은 일'이 아니라 '여성 모두가 겪은 일'이 맞는 것인지 확신하기 어려웠다. 내가 느끼는 문제가 우리 보편의 정서가 맞는지 계속해서 나를 의심했다. 여성 문제에 있어서는 개인적인 일로 치부해버리는 것이 당연한 사회였으니 그리 생각하는 게 어떻게 보면 자연스러웠다. 나의 이런 의심은 임신중단 합법화 시위 덕분에 그만둘 수 있었다. 도대체 이미 비혼, 비출산을 선언한 여성들이 왜 이다지도 임신중단 합법화에 적극적으로 목소리를 낼 수 있었을까. '임신중단'이라는 중요한 골자 외에도 본인의 몸에 대한 자기결정권을 가질 수 없는 우리 여성들의 이야기이기 때문이었다. 정확히 내게 닥친 일이 아니더라도 같은 세대, 같은 계층으로서 함께 겪어왔기 때문에 자신의 일처럼 다 함께 목소리를 냈던 것이다. 2016년 강남역 여성혐오 살인사건부터 한국에 불어온 일련의 파도가 여성들에겐 내가 겪고 있는 일이 나만의 일이 아니라는 것에 대한 확신을 받을 수 있는 시기였다고 생각한다. 결국 저 여성의 일이 내 일이 될 수도 있다는 공감이었다. '공감의 힘.' 내가 줄곧 내려왔던 다큐멘터리의 정의와 맞닿은 순간이었다.

지금의 나는 어떻게 바뀌었나. 나는 더 이상 나를 스스로 의심하지 않게 되었으며, 내가 겪는 일을 다른 여성들도 함께 겪고 있다는 것을 알게 되었다. 이제 여성의 정체성을 빼고 말해보라고 하면 한마디라도 할 수 있을지 모르겠다. 그 수준을 넘어 내 마이크를 뺏으려는 이에게는 이빨을 드러내며 물어뜯을 수도 있는 경지에 올랐다. '하말넘많이 됐다.'라는 문장 하나면 굳이 다른 구구절절한 이야기가 필요치 않다. 다큐멘터리도 시작은 불순했지만, 지금은 그 어떤 매체보다 나의 발화 방식과 작업 스타일에 잘 맞는다는 걸 알아버린 참이다. 다큐멘터리에 진심이 된, 심지어 '그' 하말넘많이 된 지금의 내가 이 시점에서 다시 다큐멘터리를 만든다면 도대체 어떤 것들이 튀어나올까. 어떤 작업을 할 수 있을지 나조차도 기대가 되기 시작했다.

말하기 전에 생각하는 세상

서

"여기 있는 거 다 주세요."

무료하게 앉아있던 서울국제여성영화제 플리마켓 부스에 드라마 같은 대사가 찾아왔다. 채널을 만들고 한 달 정도가 지난 뒤 채널 홍보를 목적으로 영화제 플리마켓에 참여했다. 거기서 우리가 디자인한 굿즈 몇 가지를 판매하고 있었는데, 지나가던 분이 별안간 '말하기 전에 생각했나요?' 배지를 다 달라고 했다. 한 개에 2천 원짜리 배지였지만 어안이 벙벙했다. "이거 다 주세요."와 같은 멘트는 드라마 재벌 실장님들이 하는 말인 줄 알았는데, 면전에서 들을 줄은 몰랐다.

"뭐 하시는 분이세요?"

서죽호(서솔의 죽일 놈의 호기심, 궁금한 건 못 참아서 붙여진 별명)답게 물어봤다. 도대체 뭐 하는 사람인데 말하기 전에 생각했냐는 배지가 30개나 필요한 건지 너무 궁금했다. 호구조사에 돌아온 답은 초등학교 선생님이라는 직업이었다. 반 아이들 모두에게 선물하고 싶다는 말을 덧붙였다.

"말을 함부로 하는 아이들이 많아서요. 강제로 다 선물하려고요."

당시 하말넘많의 구독자는 62명이었다. 채널 홍보 사진을 프린트하여 플리마켓 탁자에 올려두었기 때문에 정확하게 기억한다. 유튜브 세상에서 구독자 62명은, 사실 '아무도 모르는 채널'이라고 말해도 무방할 수준의 수치라고 생각했다. 그러나 30개의 배지가 한 번에 팔리는 순간, 그 수치가 순식간에 뻥튀기됨을 느꼈다. 그 선생님도 사실은 우리 채널을 몰랐으니까 +1명, 거기에 +30명을 하면 어느덧 93명이라는 수치가 되는 것이다. 우리 채널을 직접 몰라도, 우리가 하고 싶었던 말을 간접적으로 들을 수 있다면 그 자체로도 구독이나 다름없다고 생각했다.

유튜브 크리에이터 강의에 가서 이런 말을 한 적이 있다. "조회 수 300에 실망하지 마세요. 그 수치를 오프라인으로 환산해 보세요. 300명이 영화관에서 자신이 만든 영상을 보고 있다고 생각해보세요. 대단한 겁니다." 누군가에게는 이미 이룰만큼 이룬 사람의 시혜적인 말로 들렸을 수도 있지만, 나는 진심으로 그렇게 생각한다. 아무리 허수인 조회 수가 있다고 해도 누군가 '봐주는 영상'은 대단한 것이다. 나는 그 숫자에서 퍼지는 사회적인 영향력이 지금 이 시대에 아주 중요한 가치라고 생각한다. 유튜브는 대한민국에서 약 4천만 명이 사용하는, 가장 많이 쓰는 앱 2위이자, 가장 오래 사용하는 앱 1위이다. 유튜브에서 파급되는 사회적 효과는 지금 글을 읽는 분들이 더 잘 아시리라 생각한다.

요즘 심심치 않게 '선한 영향력'이라는 단어를 곳곳에서 듣는다. 말 그대로 선한 사람이 사회에 선한 영향력을 끼치는 것을 뜻한다. 단어의 뜻을 받들어, 우리도 우리 나름대로 선한 영향력을 끼치기 위해 노력하는 중이다. 그 영향력을 통해 바라는 바는 여성이 여성이라는 사실만으로 죽임을 당하지 않는 것, 이름 앞에 '여성'이라는 수식어가 필요 없어지는 것부터, 나아가 모두가 평등하고 행복하게 살 수 있는 세상에 사는 것이다. 그래서 우리는 할 수 있는 선에서 하고 싶은 이야기를 하되, 그 이야기가 사람들에게 조금이나마 긍정적인 동력으로 작용하여 여성이 살 만한 세상이 오기를 바란다. 그리고 그 안에서 자유롭고 편안한 여성들의 모습을 통해 여성에게 '이런 삶의 선택지도 있다'라는 것을 보여주고 싶다. 구독자 약 16만 명의 수치에 투영하는 우리의 꿈은 생각보다 거창하지 않다. 글자 그대로 '남녀평등'한 세상을 꿈꾼다.

언젠가 채널의 목표가 '소멸'이라고 말한 적이 있다. 나중에도 하고 싶은 말이 너무나 많은 세상에 산다는 건, 아직도 불편한 점에 대해 할 말이 많다는 것을 뜻할 테니 우리가 바라는 미래는 채널의 소멸이라는 뜻이다. 과하게 이상적인 말인 것 같기도 하지만 로또 1등을 하고 싶다는 말보다는 덜 허황된 꿈이라고 생각한다. 거센 반격이 불어오기도 하지만 오늘보다 나은 내일이 계속 올 것이라는 믿음이 있기 때문이다.

말하기 전에 생각해볼 것을 권유하는 배지를 받은 초등학생들이 어떻게 자라고 있을지 상상해본다. 3년이 지난 지금 그들은 어떤 청소년으로 자라고 있을까? 선생님의 뜻에 따라 정말로 말하기 전에 생각하는지, 삶을 살아가며 어떤 말엔 칼이 달려있다는 걸 깨달으며 자라고 있을지 궁금하다. 혹시 강제로 그 배지를 선물 받은 학생이 이 글을 읽는다면 그때 학생들의 반응은 어땠는지, 그리고 지금 어떻게 성장하고 있는지 이야기를 보내줬으면 한다. (모두가 말하기 전에 생각하는 세상이 올 것이라는 믿음을 더욱 굳건히 할 수 있게, heavytalker.hmnm@gmail.com으로 메일 부탁드립니다.)

가능하다면 부업을 만드세요

(강)

사람들이 나에 대해 잘 모르는 점이 있다. 사실 나는 무엇이든 새롭게 시작하는 것을 굉장히 어려워한다. 겉으로는 굉장히 외향적이고 무엇이든 대담하게 행동하는 사람으로 비치는 걸 잘 안다. 하지만 실제로는 낯선 사람을 만난다거나 어떤 것을 새롭게 배우고 익히는 것에 굉장히 소극적이다. 어느 정도냐면 사는 동네에 있는, 가보지 않은 카페에 가는 것이 왜인지 어려워 다니는 카페만을 주야장천 다니고 메뉴판 앞에서 오랫동안 서있는 것이 부끄러워 항상 같은 메뉴를 시킨다. 같은 카페를 자주 가니 카페 사장님이 아는 척을 할 때가 있는데 그때부터 나는 그 카페에 다시 가기 힘들어진다. 그럼 어쩔 수 없이 카페를 바꾼다.

취미가 많은 만큼 밖에 나가 배우고 싶은 것도 많아 메모장에 '배울 것 LIST'를 만들어 두었지만, 학원이나 공방처럼 나가서 배워야 하는 분야들은 도저히 엄두가 나지 않는다. 물론 배움 자체에 게으른 사람이기도 하다. 지금 생각해보면 하말넘많도 서솔이 내게 익숙한 사람이었기에 함께 시작할 수 있었던 것이라는 생각이 든다. 그만큼 새로운 사람도, 새로운 일도 내겐 어렵다.

그런 내가 술을 배워 여성 전용 칵테일 바 '스튜디오 포비피엠'을 열었다. 술에 대한 지식이 전혀 없던 내가 태어나 처음으로 '모범생'이라는 별명까지 얻어가며 공부해 조주기능사 자격증을 땄고 지금은 새로운 사람을 매일 만나야 하는 칵테일 바까지 운영하고 있다. 발단은 간단했다.

2020년 3월 친구들과 글쓰기 모임을 만들었다. 말만 글쓰기 모임이었지 매주 토요일 정기적으로 만나 수다를 떠는 모임이었다. 모임을 하며 단 하나의 글도 완성하지 못했으니 말 다 했다. 글쓰기 모임의 멤버는 공교롭게도 지금 내가 운영하는 칵테일 바를 함께 오픈한 동업자들이다. 옆 동네 '소그노'를 운영하는 김은하와 허휘수 그리고 서솔까지 총 네 명이서 벌인 일이다.

　그날은 김은하와 내가 먼저 도착해 여느 날과 같이 수다를 떨고 있었다. 사실 칵테일 바 창업은 김은하의 오랜 꿈이었다. 김은하는 술을 좋아할 뿐 아니라 칵테일 바에서 오랜 기간 일한 경험이 있었기에 함께 술을 한잔할 때면 나중에 칵테일 바를 차리고 싶다는 말을 자주 했었다. 웃기게도 나는 그 이야기를 들을 때마다 딱히 아는 것도 없으면서 "쉽지 않을 텐데? 잘 생각해서 해야 해."라고 하는 등 누구도 바란 적 없는 우려를 표하던 사람이었다. 장사를 해본 적은 없지만 나 빼고 온 집안 식구가 장사를 하고 있었으니 조언을 할 수 있다고 생각한 꼰대 마인드였다. 몇 차례 그런 대화가 있긴 했지만 그날은 그런 이야기는 일절 없었다. 서솔과 허휘수가 함께 공연을 하고 싶어 한다는 이야기를 둘이 나누다 별안간 내 입에서 "야, 칵테일 바 그거 우리 같이 할래?"라는 말이 튀어나왔다. 굉장히 충동적인 제안이었다. 혼자서도 상상해본 적 없는 일이었다. 놀랍게도 이 한마디를 내뱉으니 갑자기 머릿속에 계획들이 세워지기 시작했다. 말로만 2년을 먹고 살다 보니 생긴 짬밥인가 싶었다.

"공연이 가능한 칵테일 바를 만드는 거지. 서솔이랑 허휘수가 원하는 때에 하고 싶은 공연을 자유롭게 할 수 있고 우린 고정 수입을 조금이라도 창출할 수 있지 않겠어? 너 혼자 하려면 몇 년이고 더 걸리겠지만 우리가 같이하면 금방 시작할 수 있지 않을까?"

나의 황당한 제안을 끝내고 그제야 김은하의 표정을 살폈다. 그는 알 수 없는 눈빛을 하고 있었다. 그러고 보니 그가 몇 년간 소중하게 품어온 목표를 내가 말 한마디로 빼앗으려 든 것 같아 실수했나 싶었다. 사과를 해야 하나 생각이 든 찰나 그의 입에서 나온 첫 마디는 예상 밖이었다.

"애들은 어떻게 꼬시지?"

그때는 알 수 없었던 그의 눈빛을 김은하에 대해 조금 더 알게 된 지금의 해석 틀로 읽어보자면 '광기'였던 것 같다. 솔깃한 제안에 눈에 광기가 사-악 돌았던 거다. 아무튼, 이렇게 말도 안 되게 시작된 것이 스튜디오 포비피엠이었다.

막상 칵테일 바를 차리자니 내가 칵테일을 너무 몰랐다. 영화에서 몇 번 나온 적 있어 알고 있는 마티니, 마가리타 정도도 맛은 모르고 이름만 아는 수준이었다. 게다가 20대 후반에 들어서야 술을 하게 된지라 칵테일뿐만 아니라 그냥 술을 잘 몰랐다. 그래서 조주기능사 자격증 공부를 하기 시작했다. 사실 칵테일 바를 여는 데 반드시 자격증이 필요한 건 아니었고 오히려 인터넷에는 굳이 필요 없다고 말리는 사람이 수두룩했지만, 필요에 의해서라기보다 그냥 기초 지식부터 쌓고 싶은 마음이 커서 덜컥 필기시험을 신청해버렸다.

자격증을 따는 과정은 순탄치 않았다. 가만히 앉아서 문제집을 들여다보는 일 자체가 너무 오래간만이라 온몸에 좀이 쑤셨다. 작업실에서 온 에너지를 소진하고 귀가해 책상에 앉는 것부터 굉장한 미션이었다. 겨우겨우 앉아 문제집을 펴고 나서는, 정말 어디서 귀동냥으로도 들어본 적 없는 내용으로 가득 찬 종이를 바라보며 한숨을 삼켜야 했다. 시험 신청을 늦게 해 어쩌다 보니 부산까지 원정을 가서 필기시험을 치르고 나니 이번엔 실기시험이었다. 40개의 칵테일 레시피를 잔 모양부터 칵테일에 올라가는 장식까지 달달 외우고 시험장에서 랜덤으로

주어지는 3가지의 칵테일을 7분 안에 완벽하게 만들어내는 것이 실기시험 방식이었다. 레시피에 등장하는 술의 종류만 몇십 가지가 되고 실전 연습을 하기 위해 필요한 기물도 한두 개가 아니기에 실기는 전문 학원에 등록해 준비하는 경우가 대다수였다. 학원을 다녀볼까 하다가 인당 60만 원 정도 들어가는 비싼 등록비에 김은하와 나는 차라리 그 학원비로 술을 사서 연습을 하자는 것으로 결론을 내리고 집에서 독학했다. 어쨌든 결론만 말하자면 우린 한 번에 시험에 합격했다.

"사이드잡을 만드세요."

2019년 강연을 다니며 꽤 자주 했던 말이다. 그때는 내게 이런 부업이 생길지 모르고 했던 말이었다. 평생직장이라는 말이 옛말이 되어버린 세대이니 본업 외에도 취미로 시작해 배워뒀던 일들이 가까운 미래에는 돈을 벌 수 있는 수단이 될 수도 있겠다는 생각이었다. 부업이라고 해서 대단한 것을 이야기한 것은 아니었다. 우리가 유튜브를 시작하게 된 계기도 우리가 영상 편집을 할 수 있다는 점이었으니 진로 탐색의 길에서 문을 닫아두지 말고 많은 것들을 배워두라는 취지였다. "정 하고 싶은 게 없으면 영상 편집이라도 배워두세요~!"하고 발랄하게 이야기할 때까지는 우리에게 이런 재난이 닥쳐올 줄은 상상도 못 했다.

사실 여성에게 경력 단절은 생각보다 가까이에 있고, 갑자기 찾아오는 존재이기에 계속해서 혹시 모를 다음 단계를 위한 준비를 해야 한다고 생각했다. 경제 전문가와 함께 촬영할 때 '헤징(Hedging)'이라는 개념을 배운 적 있다. 주식 투자와 같은 경제 활동을 할 때 본인이 가지고 있는 상품과 반대되는 포지션에 있는 상품을 함께 취하는 것을 말하는데 헤징을 하면 다른 것들의 가격이 오르거나 내리더라도 반대의 포지션에서 정반대의 손익이 나타나므로 어느 한쪽의 손해는 다른 쪽의 이익으로 서로 상쇄된다. 따라서 가격 변동에 대한 위험을 최소화할 수 있다는 개념이다. 나는 이것을 부업의 개념으로 치환해 적용할 수 있다고 생각했다. 어떤 상황으로 인해 본업에 무리가 생겼을 때 부업으로 생계를 유지할 수 있는 정도가 되면 이상적이라고 봤다. 말 그대로 이상적인 이야기였다. 하면 좋고 아니면 어쩔 수 없는. 그러나 그다음 해 실제로 코로나 19가 닥치면서 이 말이 더 현실적으로 와닿았다.

'2020년 초 고용 한파에 직격타를 맞은 것은 비정규직과 서비스업에 가장 많이 분포한 20대 여성이었다.'

'2020년 20대 여성 자살률이 지난해보다 43% 급증했다.'

두 가지 통계가 내게는 굉장히 연결된 문제처럼 느껴졌다. 만약 그들에게 작은 버팀목이 하나 있었으면 결과가 달랐을까 하는 생각이 머릿속을 떠나지 않았다. 재난은 때때로 여성에게 더욱 가혹하기에 준비가 필요하다. 주식을 할 때도 리스크를 줄이기 위해 포트폴리오를 짜 분산투자를 하는 것처럼 인생에 닥쳐올 알 수 없는 위험에 대비해 부업 포트폴리오를 짜보는 건 어떨까. 내 삶을 지탱하는 뿌리가 늘어나면 큰 바람에도 작게 흔들릴 수 있다. 그렇다는 걸 내가 직접 경험하고 있기에 이제는 자신 있게 추천한다.

여러분, 가능하다면 부업을 만드세요.

N잡을 가진다는 것

서

직장인 10명 중 3명은 스스로 '현재 2개 이상의 직업을 가진 N잡러'라 답했다고 한다. (잡코리아가 알바몬과 함께 남녀 직장인 1,600명을 대상으로 '직장인 N잡러 인식과 현황'에 대해 설문조사를 진행한 결과) 평균 수명은 늘어나는 데 반해 평생직장의 개념은 점점 더 희미해지고 있는 분위기가 반영된 답변이라고 본다. 100살까지 산다면 어느 시점까지는 어떻게 먹고 살아야 할까? 이제 내가 할 수 있는 것들을 나열해본다. 영상 기획, 촬영, 편집, 디자인 툴 몇 개, 그리고 운전…. 아뿔싸, 끝이다. 생각보다 할 수 있는 게 별로 없다. 시대가 변해가는 흐름은 점점 더 빨라지는데 부수적인 능력을 하루빨리 키워야 한다는 압박감이 든다.

"수미는 중소 학원 운영자들이 어떻게든 오래 잡아두고 싶어 하는 그 '여자 기사님'이었다."

최은미 작가의 단편 소설 〈여기 우리 마주〉의 등장인물 수미 는 주인공 나리가 아는 사람 중에 유일하게 1종 대형면허까지 가진 사람이다. '차량 승하차 도우미를 따로 두기 싫은 학원들 은 기사와 차량 보조 둘 다 해주길 바라는 마음으로 여자 기 사를 찾았다.'라고 책에 서술되어 있다. 이 대목을 읽고 지난 기 억을 되짚어 보니, 숱한 통학 버스는 차치하고서라도 대중교통 에서조차 여자 기사님을 본 기억이 별로 없다. 2019년 통계에 의하면 여성 운전자의 수는 1,300만 명을 넘어서며 전체 운전 자 비율의 42%를 차지했지만, 대중교통의 운전대는 아직 공평 하지 않아 보인다.

정말 드물게, 택시나 버스의 운전대를 잡은 기사님의 성별이 여성이면 괜히 반가운 마음이 드는 동시에 불안함을 느끼곤 했다. 특히 택시의 경우에는 더욱 그러했다. 혹시나 볼썽사나 운 승객들이 해코지하지 않을까 싶은 마음이 들었다. 험한 세 상이다 보니 반사적으로 드는 생각이었다. 그러나 면허를 취득

한 이후에는 그 생각이 조금 바뀌었다. 이젠 기사님을 보며 불안해하는 마음보다는 진취적으로 직업적 선택지를 넓힌 대단한 여성이라는 생각이 든다. 면허 학원에 다닐 때 대형 버스를 몰고 시험을 보던 또래 여성을 본 적이 있었는데, 그 거대한 버스의 유리창 너머로 '어떤 연유로 대형 면허를 따는지' 궁금증이 차오르곤 했다.

 팬데믹 시대에 접어들며 노동 시장이 요동쳤다는 사실을 모두 알 것이다. 도무지 망할 일이 없어 보이던 대면 산업의 어려움이 연이어 보도되는가 하면 많은 사람이 아르바이트 자리를 구하는 것조차 어렵다고 입을 모았다. 그러나 그 와중에 가시적으로 성장한 산업이 있었는데, 일상생활에 깊숙이 침투한 배달, 택배 산업이었다. 쿠팡 혹은 배달의 민족에서 배달하는 사람들이 월 600만 원이 넘는 수익을 인증하며 화제가 되기도 했다. 폭발적인 성장이었다. 하지만 모두가 알다시피 택배, 배달의 주체는 남성이다. 나만 해도 우리 집에 오는 배달원이 여성일 것으로 생각하는 경우는 없으며, 실제로 단 한 번도 경험해보지 못했다.

지금 고임금을 받을 수 있는 직종으로 분류되는 해당 산업에 여성 비율이 낮은 것은, 당연히 여성의 능력이 부족해서가 아니다. 여기에는 성범죄에 대한 위험, 남성을 우대하는 사회적인 통념들이 자리 잡고 있다. 다만 여기서 생각해볼 점은 이러한 팬데믹 상황에서도 대형 트럭을, 오토바이를 운전할 수 있는 능력을 갖춘 사람들과 그렇지 않은 사람들이 손에 쥘 수 있는 기회의 차이다. 전자의 경우, 자신의 본업이 휘청거리는 동안 N잡을 더 빨리 가졌을 가능성이 크다.

다른 예로 영상을 제작할 수 있는 능력도 2020년에 중요한 키워드였다. 코로나 시대가 도래하며 많은 사람이 집에서 영상을 소비하는 시간이 늘어나며 IT 기기, 영상 산업 역시 성장했다. 이 경우에도 내가 영상을 다룰 수 있는 능력이 있었다면 영상 편집을 부업 삼아 어렵지 않게 재택근무를 했을 수도 있다. 이 밖에도 숨고나 탈잉, 클래스 101 같은 플랫폼은 자신의 능력, 취미를 N잡으로 편입할 수 있게 하는 발판을 제공한다. 뿐만 아니라 가진 능력으로 영상을 제작해 유튜브 수익 창출을 할 수도 있다.

내 경우에도 디자인 툴을 이용해 디자인할 수 있다는 부수적인 능력 덕분에 자체제작 옷을 판매할 수 있었다. 물론 다른 사람의 손을 빌려 새로운 일을 시작할 수도 있지만, 업을 확장하면서 자신이 가진 능력을 직접 활용하는 것은 장애물 하나를 덜 건널 수 있다는 점에서 중요하다. 기회가 좀 더 가까이 있음을 느낄 수 있기 때문이다. 내가 손으로 그린 디자인을 다른 사람이 툴로 만들어야 옷을 생산할 수 있었다면, 한 단계 더 건너야 한다는 심리적 거리감이 새로운 도전을 막아버렸을 수도 있었다고 생각한다. 실제로 지금까지 내가 몸 담았던 모든 단체의 로고는 내 손에서 만들어졌다.

그렇다면 내가 가진 특성 역시 'N잡러'의 대열에 끼어 있는 것이다. 먹고사는 일은 평생의 숙제이니만큼 시대의 흐름에 따라 모든 가능성을 확장하는 작업을 끊임없이 해야 할 것이다. 혹시 나중에 이 책을 읽고 있는 독자분들 중에, 자신이 탄 버스의 운전대를 서솔이 잡고 있을지도 모를 일이다. 혹여 그런 나를 발견한다면, N잡러 서솔에게 반가운 인사를 건네주길 바란다.

동료가 되다

강

엄마와 아빠, 지금은 아니지만, 과거에는 오빠까지 나를 제외한 가족 구성원의 모두가 요식업계에 종사하고 있었다. 대학 때까지는 방학마다 엄마의 식당에서 점심 설거지 아르바이트를 하기도 했다. 엄마는 공단 근처에 있는 식당을 운영하셨기에 점심시간이면 150명이 넘는 손님들이 한순간에 몰려와 한순간에 설거짓거리만 남겨두고 떠나버렸다. 나의 일은 그때부터 시작이었다. 수산 시장에서나 볼 법한 길쭉한 방수 고무 앞치마를 입고 고무장갑을 끼고 한 시간 넘게 그릇만 닦았다. 세제로 닦고 헹궈 식기세척기에 넣으면 다시 그릇이 몰려들고, 다시 닦고 헹궈 식기세척기에 넣고, 꺼내진 그릇은 마른 수건으로 물기를 닦고의 무한 반복이었다. 글로 설명하는 것조차도 기가 빨린다. 젊은 내게도 너무 힘든 일을 결석 한 번 없이 매일 해내는 엄마와 아빠는 당연하게도 쑤시지 않은 관절이 없었다.

당신이 평생 고생하며 식당을 하셨기에 엄마는 오빠가 식당을 시작하려 할 때도 말리고 싶어 하셨다. 항상 식당에 매여있어 시간은 자유롭게 써보신 적이 없고 육체노동으로 몸이 항상 고되셨으니 반대하는 것에도 이해가 갔다. 김은하가 처음 칵테일 바 이야기를 했을 때 (내가 뭐라고) 반대를 했던 것도 너무 가까이서 가족들의 고생을 지켜봤기 때문이었다. 심지어 오빠의 식당 사업들은 거의 내가 공동 창업주라고 해도 이상하지 않을 정도로 초반에 나의 인력을 많이 들였으니 창업이 만만한 일은 아님을 알고 있었다. 그의 장사는 열심히 노력했음에도 불구하고 코로나까지 겹쳐 결국 문을 닫았다. 그러다 보니 내게 식당 창업은 성공할 거라는 희망보다 절망에 더 가까운 이미지로 남아있었다.

그런 내가 매일 사장님 소리를 듣고 살게 되었다. 그것도 이런 도전적인 시국에. 일련의 '하면 된다' 폭풍에 휘말려 몇 달을 지나오니 정신 차렸을 때는 내가 주방에서 채소를 손질하고 있었다. 장사는 현실이었다. 오픈 전날 밤까지도 정리가 하나도 안 된 홀을 둘러보며 눈물이 터질 뻔했다. 아니, 해도 해도 일이 줄지 않았다. 분명히 하나씩 해치우고 있는데 해야 할 일들이 줄어들지 않았다. 오히려 더 늘어났다. 결국, 장사를 시작하기 2주 전부터 살이 빠지기 시작하더니 열흘간의 임시개업 기간이 끝났을 때는 53kg까지 살이 빠져버렸다. 중학교 2학년 때 마지막으로 봤던 숫자이니 그때는 내가 팀의 공식 멸치였다.

엄마는 내가 하는 일을 좋아했다. 전국을 돌아다니며 토크 콘서트를 하는 것도, 유튜브로 나를 언제든 볼 수 있는 것도 좋아하셨지만 시간을 자유롭게 쓸 수 있다는 것을 가장 마음에 들어했다. 엄마는 병원을 갈 때도 고모나 다른 이들에게 식당을 잠시 부탁하고 다녀야 했으니 내가 평일에 병원을 다니는 것까지도 아주 흡족해했다. 그렇지만 역시 금전적으로 허덕이며 살지 않는 것을 가장 좋아하셨을지도 모르겠다. 하말넘많이 되기 이전에는 하루 벌어 하루 먹고 사는 하루살이였기에. 그래서 창업을 했다는 사실은 엄마에게 비밀이었다.

내가 이렇게 보여도 사실 조금 마마우먼이라 이틀에 한 번씩은 엄마에게 전화를 걸어 그날 점심, 저녁 메뉴까지 미주알고주알 일러바치는 스타일이다. 그러니 엄마와 평소와 같이 전화를 하다가도 계속해서 엄마에게 거짓말을 하게 되는 상황이 생겼다. 계속되는 새벽 장사 때문에 목이 잔뜩 쉬었지만 쉬어버린 이유를 물으시면 솔직히 말할 수 없어 '그냥…. 작업실에서 노래 한 곡 했어.' 정도로 둘러대는 귀여운 거짓말부터 추석에 집에 내려가지 못하는 이유까지 맘대로 지어내 속이는 일이 하나둘 쌓이다 보니 불편한 마음이 눈덩이처럼 불어났다.

그렇게 장사를 시작한 지 한 달이 조금 넘었을 때 결국 실토했다.

"뭐라카노. 미쳤나, 진짜."

엄마의 반응을 예상 못 한 것도 아니었지만 첫마디에 기분이 상해버렸다. 평소에는 말대꾸를 꼬박꼬박 하는 편이지만 내 맘을 몰라주는 엄마의 반응에 속이 상해 그냥 듣고만 있었다. 속상한 기억은 금세 잊어버리는 탓에 그날 엄마가 한 말을 전부 기억하지는 못하지만 이런 시국에 장사를 시작한 내게 "간땡이가 부었다."라는 말과 "장사가 장난인 줄 아나."라고 했던 것은 기억이 난다. 엄마는 가게의 위치부터 월세, 직원의 수까지 모든 걸 캐물은 다음에야 한숨 돌렸다. 그제야 내 울렁거리는 목소리를 들었는지 농담을 섞은 말을 하기 시작했다.

"임영웅만큼 벌지도 못하면서 돈, 돈 거리노."

트로트 가수 임영웅 씨는 최근에 등장한 내 라이벌이다. 맹세하건대 엄마는 나를 누군가와 비교하며 키우지는 않았다. 다른 집 자녀들과 나를 함께 언급하는 것은 내가 엄마에게 성질을 부릴 때 "다른 집 아들도 즈그 엄마한테 이래 거품 물고 달려든다 카드나?" 하는 정도였다. 그런데 최근 들어 이렇게 종종 임영웅 씨와 비교당했다. 이런 농담뿐만이 아니라 난데없이 "내가 끼를 조금만 더 물려줄 거를…. 애매하게 물려줘가 임영웅같이 안돼뿌네…."와 같은 말을 하기도 한다. 그러면서도 항상 강조하는 말이 너무 돈, 돈 하면서 살지 말란다. 잔뜩 비교해놓고 돈, 돈 거리지 말고 즐겁게 살라고 말하다니.

툴툴거리는 말과는 다르게 엄마는 내게 좋은 동료 사장님이 되어주었다. 퇴근 후 엄마에게 전화를 걸면 목소리만으로 내가 오늘 얼마나 힘들었는지 알아채주기도 했고 가끔 가게에 크고 작은 문제들이 생기면 전국의 사장들이 모여있는 네이버 카페에 묻기보다 휴대폰을 들어 엄마에게 전화해서 해결하는 것이 훨씬 빨랐다. 엄마는 어느새 빠르게 궁금증이 해결되는 나만의 검색창이 되었다. 그것보다 역시 가장 좋은 건 엄마가 주는 공감의 힘이었다. 정말 가끔 손님 때문에 힘든 날 엄마에게 하소연하면 엄마는 '어허이~!'하는 특유의 추임새와 함께 "근데 사람들 원래 그렇다."라는 말을 지나가듯 해줬다.

엄마가 내게 이런 말을 해준 데에는 이유가 있었다. 얼마 전 엄마가 점쟁이에게 점을 보고 와서는 정말 새삼스럽다는 목소리로 이런 말을 전했다.

"니가 윽시 예민하다 카대? 내하고는 정 반대라 카드라. 엄마는 그라지는 않잖아. 근데 니는 윽시 예민해가 스트레스를 많이 받는다 카대."

이래서 둔한 사람은 평생 예민한 사람을 이해를 못한다는 거였구나 생각했다.

"아니 엄마는 나를 30년을 키우면서 그걸 몰랐어?"
"어. 몰랐는데?"

딸에게 왜 이리 관심이 없냐고 화를 내기엔 누가 들어도 방금 처음 안 사실처럼 말하는 목소리에 그냥 웃었다. 내가 예민하다는 걸 드디어 눈치챈 엄마는 그제서야 내가 하는 말을 흘려듣지 않기 시작했다. 그렇게 나온 조언이 "사람들 원래 그렇다."인 것이다. 무뚝뚝한 엄마가 뒤에 숨긴 말의 의미를 이제는 안다. 혼자 예민하게 날 세우다 스스로를 피곤하게 만들지 말라는 위로였다. 별것 아닌 저 말 한마디는 고작 장사 6개월 차에 접어든 나에게 30년 차에 빛나는 엄마가 해줄 수 있는 최고의 조언이었다. 가게에서 정신없이 일하다가도 문득문득 엄마가 해준 말이 떠오른다. 사람은 원래 그렇다. 별것 아닌 일에 열 올릴 필요가 없었다. 사람은 원래 그러니까. 정말 마법의 문장이었다.

혼자여도 좋지만, 함께라면 더 좋다

서 혼자 사는 것뿐만 아니라, 혼자 일하는 것이 무조건 좋다고 생각했다. 촬영팀을 시작으로 우연찮게 남초 집단을 떠돌던 내가 그 무리에 적응하지 못하고 내린 결론이었다. 여자로 태어나 커뮤니티 안에 형성된 형님 문화에 들어가지 못하는 것은 당연했기에 예견된 결과였다. 그뿐만 아니다. 2016년쯤부터 페미니스트로서 자아를 표출하기 시작한 이후 인스타그램에선 남자 지인들에게 착실히 '언팔로우'를 당했다. 대학생 때부터 남성 커뮤니티 안에서 일을 한 덕분에 지금까지 옆에 남아 있는 사람이 거의 없다고 봐도 무방한 수준이다.

사정이 이러하니 프리랜서의 길을 걷겠다는 다짐은 무척 자연스러운 과정이었다. 일을 의뢰받아 할 수 있는 선에서 일을 하고, 그 몫도 오롯이 혼자 챙기는 일은 편했다. 나 혼자만 생각하면 되는 일은 정말 가벼웠다. 그러나 그사이에 축적된 외로움은 해소되지 않았다.

외로움에는 많은 종류가 있다. 수많은 외로움 중, 내가 얘기한 외로움이란 일하는 곳에서 여성이 보이지 않았을 때의 그것을 뜻한다. 남초 집단에서 일할 때 이러한 느낌을 꽤 자주 받았다. 인턴을 했던 모 기업의 엘리베이터에서 6개월 남짓한 시간동안 여성을 마주친 적이 단 한 번도 없었다. 해당 기업의 면접에서는 영상 분야에 지원한 내 이름이 당연히 남성의 것인 줄 알았다는 말을 앞에서 듣기도 했다. (성별 블라인드 서류였다. 영상 계열이다 보니 이름만 보고 남자일 줄 알았다는 말을 꽤 자주 들었다.) 그럴 때마다 마음 깊은 곳에서 외로움이라는 감정이 꿈틀거렸다.

그런 외로움으로부터 도망쳐 혼자 일했지만, 혼자 일한다고 해결되는 건 아니었다. 일에 대해 함께 이야기할 사람이 필요했다. 그러던 중 하말넘많을 만났다. 여성과 함께 여성을 위한 영상을 만들고, 여성들의 댓글을 보기까지. 여성으로만 둘러싸인 공간에 들어가자 세상에 없던 동력도 생기는 기분이었다.

'디폴트립 파리 3편' 영상에서는 강민지와 이런 대화를 나눈 적이 있다.

서솔 : 혼자서 5만 명 구독자 가진 페미 유튜버 할래? 묻는 다면 난 안 해. 10만이어도 안 해.

강민지 : 나도 안 할 것 같은데? 둘이라서 다행인 점이 많은 수준이 아니라 거의 100% 둘이라서 다행이잖아?

혼자를 즐기던 내가 어느덧 혼자서는 일할 수 없다는 것을 인정하고 있었다. 사실 인정하고 말고의 수준이 아니다. 하말넘 많이라는 채널은 절대 혼자서 운영할 수 없는 채널이다. 채널에 영상을 만들어 올리는 일의 측면에서뿐만 아니라, 망망대해를 헤쳐나가기 위해서는 서로 믿고 의지하며 일할 동료 역시 절대적으로 필요하다.

결과론적인 이야기지만, 인생의 어떤 시기에 '누구와 무슨 일을 하느냐'는 아주 중요한 문제다. 지금 옆에 나와 같은 집단을 이루고 있는 사람이 누구인지에 따라 미래가 많이 달라질 것이다. 새로운 일을 시작할 수 있는 계기는 물론이고 상상하지 못했던 일도 주변 구성원의 힘으로 시작할 수 있기 때문이다.

일례로 '스튜디오 포비피엠'의 칵테일 바는 태어나서 한 번도 상상해보지 않았던 일이었으나, 친구들의 권유와 도움으로 공동 창업자가 될 수 있었다. 술에 대한 지식이 0에 수렴했던 내가 지금은 가게에 오는 손님들에게 취향에 맞는 술을 추천할 수 있는 정도로 성장했다. 칵테일 바뿐만 아니라 '스튜디오 포비피엠' 의류 브랜드 창업 역시 혼자 역량으로는 절대 불가능했던 일이다. 단순히 디자인하는 것뿐만 아니라 옷을 만드는 데 필요한 지식, 의류 공정, 마케팅 등 밟아야 하는 수많은 단계를 혼자 거쳐야만 했다면 아마 지금까지도 세상에 옷이 나오지 않았을 것으로 생각한다. 2020년 F/W 의류 디자인은 디자인만으로도 매일 새벽까지 2주를 넘게 회의했다. 이 자체만으로도 혼자 할 수 없는 일임을 증명할 수 있다.

새로운 일을 시작하고 지속하는 것의 원동력이 어디서 오는

가에 대한 질문을 많이 받는다. 그때마다 '그냥 하는 것'이라고 이야기했지만, 사실 그 이면에는 함께 일하는 동료에 대한 믿음과 의리가 깔려있다. 바람이 있다면 부디 더 많은 여성이 여성들과의 다양한 관계, 그 관계에서 나오는 시너지를 느낄 기회를 얻었으면 하는 것이다. 세상엔 아직 더 많은 기회가 있음을 함께 알아갔으면 한다.

말 많은 여자들이 말을 줄이며

(강)

사람들은 우리가 오랜 시간 함께 일해오며 어떻게 싸우지 않을 수가 있는지 많이 궁금해한다. 종종 "두 분 같은 관계의 친구가 있었으면 좋겠다."라는 말을 전해오기도 한다. 그럼 머릿속엔 물음표가 살짝 생긴다. 도대체 우리가 어떤 사이라고 생각하시는 걸까. 예로 누군가 우릴 '소울메이트'라고 칭한 적이 있는데 그땐 정말 살짝 소름이 돋았다. 우린 그런 걸입에 담는 사이가 아니다. 나는 기본적으로 경상도 사람이고서솔은 경상도 사람보다 더 무뚝뚝한 비경상도 사람이다. 내가가진 친구 중에 가장 무뚝뚝한 인물이 서솔이다. 우리는 사람들이 기대하는 것 만큼 애틋(?)하지 않다. 우리는 일주일의 반이상을 내내 붙어 일하지만 퇴근하고 집에 들어가면 서로의 일상을 그다지 궁금해하지 않는다. 우리는 서로에게 조금씩 무관심하기에 싸울 일이 그다지 생기지 않는 것이다.

（서）

이실직고하자면 "두 분 안 싸우세요?"라는 질문을 왜 이렇게 많이 받는지 진심으로 의아했다. 바꿔 말하면, 우리가 남자 두 명이어도 "두 분 안 싸우세요?"라는 질문을 들었을까 생각해보기도 했다. 나는 예전부터 게임을 좋아해 게임 스트리밍을 자주 보곤 했는데, 남성 스트리머들은 서로 게임을 하며 내가 생전 써본 적 없는 욕을 주고받아도 당사자든 보는 사람이든 'ㅋㅋㅋㅋㅋㅋ'만 채팅에 친다. 거기에 누군가 '말이 너무 심한 거 아닌가요?'라고 오지랖을 부리면 '과몰입 ㄴㄴ(방송이고 노는 건데 선비 같은 소리 하지 말라는 것)'가 올라오고, 이내 그 방송에서 강퇴당한다. 그러나 여자들의 관계에서는 둘이 여행을 다니고 일만 해도 사이가 괜찮냐는 안부를 듣는다.

그렇다면 이제 강민지의 말을 듣고 내가 그렇게 무뚝뚝한 인간인가 생각해본다. 무뚝뚝한 인간인지 아닌지는 잘 모르겠지만 나는 태어나서 친구와 싸워본 적이 없다. 인간관계에서 싸우지 않았다는 것이 무조건 긍정적이라는 말은 아닌데, 궤변 같을 수도 있겠으나 애초에 싸울 거리를 만들지 않는다는 점에서는 긍정적이라고 본다. 사람들이 기대하는 것만큼 애틋하지 않다는 말에는 동의하지만, 관계의 가장 밑바닥에는 서로에 대한 신뢰와 애정이 쌓여있다고 생각한다. 이걸 읽은 강민지의 뒤통수가 간지러울 수도 있는데, 서로의 무뚝뚝함에 대해 일절 신경 쓰지 않고 살아가는 데에는 그만한 이유가 있고 그건 앞서 말한 밑바닥이 튼튼하기 때문이라고 생각한다.

강

사실 우리는 운이 좋았다. 어쩌다 친한 친구와 함께 일을 시작하게 되어 서로를 재료 삼아 각성까지 하게 됐다. 하다 보니 일적으로도 썩 잘 맞아 여지껏 싸우지 않고 3년간 하말넘많을 잘 굴려왔다. 정말 어쩌다 보니 한 인물에게 친구, 직장 동료, 여행 메이트 등 많은 역할을 쥐어주었는데도 하나도 빠짐없이 잘 수행하고 있다. 물론 사람 성격은 나이 팔십이 되어도 바뀌지 않는다더니 10년이 지나도 안 맞는 부분은 여전히 잘 안 맞는다. 그런데 신기하게도 맞는 부분은 기가 막히게 잘 맞는다(?).

아래에 내가 약 2년 전 몰래 메모장에 써두었던 글을 첨부한다.

[매달 마지막 주 금요일. 직원이 둘뿐인 직장의 회식 날이다. 코스는 고정되어 있다. 단골 코인 노래방에 들러 딱 오천 원어치만 열창한 후 근처 와인 바에 들러 술은 딱 한잔씩만 시킨다. 많은 사람이 이렇게 성향이 다른 두 사람이 어떻게 친구가 되었냐고 궁금해할지는 모르겠지만 우리는 죽이 꽤나 잘 맞는 편이다. 애창곡도 대다수가 겹쳐 전 곡을 떼창할 수 있고 굳이 많은 술을 바라지 않는다는 점도 비슷하다. 원래는 서솔이 나와 술을 마셔주지 않았는데 프라하 여행을 다녀온 후 그곳에서 마신 와인에 빠져 최근에는 한 잔씩 마셔주고 있다. 각자 9,000원짜리 와인 한 잔에 안주 한 그릇이면 우리에게는 충분하다. 매일 보는 사이에 뭐 그렇게 즐겁게 이야기할 거리가 있겠냐 생각하신다면 내 생각도 그렇다. 뭐가 그렇게 재밌지?]

맞는 부분은 기가 막히게 잘 맞는다는 말은 '맞다'. 안 맞는 부분이 있다는 말도 '맞다'. 그런데 이 말 자체를 보며 드는 생각은 사람 사이가 '좀 안 맞으면 어떤가?' 하는 것이다. 이야기를 하다가 어긋나는 부분이 있어도, 불쑥 바깥으로 뻗쳐나가는 마음이 있어도 이내 모든 것이 제자리로 돌아온다. 그러려니, 그럴 수 있지, 생각하고 그냥 넘어가버린다. 강민지가 말했듯 내가 무던한 사람이라 그럴 수도 있다. 하지만 나는 크고 작은 공적인 일들을 계속해서 굴리고 있기 때문이라고 생각한다. 나름대로의 큰일을 하다 보니 작은 것에 연연할 시간도, 이유도 없다.

우리를 지켜봐주시며 응원해주시는 분들이 많다. 그런데 그중에서 우리의 관계를 부러워하시는 분들도 더러 있다. "나도 저런 비혼 메이트가 있었으면 좋겠다. 부럽다." 하는 이야기다. 물론 우리가 운이 좋은 케이스는 맞다. 다만 이런 이야기를 들으면 부러울 정도의 관계인가? 하고 머쓱해지는 기분이 든다. 막상 우리는 아무 생각이 없기 때문이다. 그래서 우리가 굉장히 특별한 관계이리라 생각하시는 분들께 드리고 싶은 이야기

가 있다. 부디 '왜 나는 저런 친구가 없을까'라고 조급해하거나
박탈감을 느끼지 않으셨으면 한다. 앞으로 살아갈 많은 날들,
다양한 일과 인연은 생기기 마련이니까.

따님이 기가 세요

2021년 6월 1일 초판 1쇄
2023년 4월 12일 초판 6쇄

지은이 하말넘많
펴낸이 박영미
펴낸곳 포르체

기 획 문서희
편 집 임혜원
마케팅 손진경, 김채원

출판신고 2020년 7월 20일 제2020 - 000103호
전 화 02 - 6083 - 0128 │ **팩 스** 02 - 6008 - 0126
이메일 porchebook@gmail.com

ⓒ 하말넘많(저작권자와 맺은 특약에 따라 검인을 생략합니다.)
ISBN 979 - 11 - 91393 - 17 - 0 03810

여러분의 소중한 원고를 보내주세요.
porchebook@gmail.com